給我搞飛機<<

型男機長瘋狂詹姆士飛行日記

JAMES WANG'S PILOT LOGBOOK 瘋狂詹姆士◎著

學校放棄教，課本沒有寫，

教官不敢說，學飛行必看經典百科教戰手冊！

型男詹姆士用他的親身經歷，字字淌血流滿頁，句句飆淚喚成書。

|推薦序1|

經歷一場精彩的時空旅行

對詹姆士的第一印象啊，這傢伙不帥，球打得一般般，沒特別好，人也沒有超高（身材倒是練得還不錯），但BS（吹牛）口才怎麼這麼好啊？我們整個Tmac球隊都被他的故事唬得一愣一愣的。

什麼用性控制女友啦，雙飛三飛走後門和一夜十七次的BS故事，反正很跨張就是了！只是啊，就我的認知裡，很多人都是嘴上說說，耍嘴皮子吹吹牛而已。

一夜十七次？我看是兩年十七次吧……

隨著他年紀增長，詹姆士的見識越來越誇張，故事也越來越離奇，現在居然離奇到可以出書了耶！那些害隊友在球場上分心的故事，現在居然要拿出來嚇唬社會大眾……

現在想想，詹姆士從小講稀奇古怪的故事給我聽，導致每晚我On Air時，時常有異於常人的思維！每次聽詹姆士講故事，就好像時空轉移一樣，彷彿可以直接進入他口中情節、場景和時間，像親身經歷災難冒險般。

你很幸運喔，可以讀到說古大王詹姆士的故事！

起初拿起這本書，心裡還暗自嘀咕，懷疑能說的人文筆到底行不行？丹尼斯錯了！想不到他寫文章的用字措辭，比用說的還好，竟能行雲流水，這真是所有讀者的福氣。

衷心建議，詹姆士，你不要飛了，也不要再耍嘴皮子講古了，就專心寫書好了。

現在DJ丹尼斯和你已準備好跟詹姆士一起到一些你不曾想過會去的地方、做一些你不會想到要做的事、經歷一場精彩的時空旅行囉！！Wow……

P.S.一夜十七次？詹姆士粒喊銘啦（台）……我呸！！！

夜貓DJ丹尼斯

Dennis Au

｜推薦序2｜

跟直白機長一起飛！

開「序」之前先說，從小國外長大的人很容易養成一些壞毛病。

一、就是跟什麼人都能交朋友。

二、朋友要幫忙，會在不了解情況的情況下，隨便答應。

James出書了，先恭喜他！

記得兩年前拍《桃花小妹》的時候，導演突然加了一場劇本裡原本沒有的戲，要我對戲中心儀的對象做自我介紹。我自己加的台詞是「我是陳承，起承轉合的『承』，我的職業是一個服裝設計師。但是我小時候的志願是當一名飛官，因爲我覺得穿制服的男人很帥。」這段話的前半段是配合角色，後半段倒全是眞的，因爲小時候看了電影《TOP GUN》（捍衛戰士），覺得飛行員眞是帥爆了！沒想到長大以後，事與願違。某天在搭玻璃電梯時，竟然發現自己有點怕高。從此我與飛機的駕駛艙最近與最遠的距離也就一直維持在1A（距離駕駛艙最近的乘客座位），一直到我認識了James。

說到James……穿起制服來，還算是人模人樣的，但你肯定不會誤認他是湯姆克魯斯。講起話來……不至於討人厭，但你多少會覺得他人很靠北邊站（靠泊），又不得不承認他連唬爛都很有說服力。但是James這個號稱「屬於天空的男人」不論外型與談吐都不像機長的機長，連搭計程車都會被運將問說同學～要去上課嗎的小痞子還真的是我們台灣最年輕的機長。非常榮幸有機會比各位讀者提早拜讀這本大作。我必須承認書裡許多情節對我這個小留學生來說，還真的是感同身受。不論是離鄉背井的難過，還是語言不通被欺負，甚至被自己的同胞落井下石，但是男人在追求自己的夢想上是不能低頭退讓的。我們看到了James思鄉落淚的感性的一面，更看到了擦乾淚後咬牙堅持，追求自己夢想的那份不低頭不退讓的敢死隊精神。

所以，各位讀者，不管你是在甚麼情況下翻開這本書，如果你看完了這篇序以後你還願意繼續往下翻的話。那麼就請各位親愛的讀者豎起你的椅背，繫上你的安全帶，帶好你的降落傘，跟著這位最「直白」的型男機長一起飛翔吧！（我搭下一班就好）

藍鈞天

| 推薦序3 |

信JAMES得……

說起JAMES呢～

我的印象他不是機長，是學長。是我華岡藝校的好學長！

遙想16年前，那時候我還是個從台中騎著改裝豪邁125上來陽明山，煞車還會有黏巴達音效的正港台客。

是他！是他把我從無底的深淵搭救出來！是他讓我成爲現在的時尚型男！喔！眞的很無解，爲什麼一個人可以這麼意氣風發到現在？高中時代在同學間騎豪邁已經夠屌了，這個吹嗩吶的都是開藍色火鳥上學啦！

從那青澀時期我便把這位長得像鄭中基的學長當偶像，奉行著J氏教戰守則。第一次去舞廳、第一次泡妞、第一次帶學妹回宿舍……第一次帶馬仔上醫院……他是我的教父。

記得有一次學校週會即席演講比賽，他老兄還拿下全校第二名！擠下小S幹掉阿雅，爲國樂科爭光！靠著他的三吋不爛之舌橫行至今。（無怪乎他某任女友的老媽一度認爲他是台商，是業務，不是機長！萬千囑咐不要被騙）不僅如此他還是個舞棍，靠著他教我的PUB舞步我還進了藝工隊。最後還作了藝人的專屬舞群！轉眼間～這位當年台灣最年輕的機長要出書了！過著羨煞旁人的生活！不到30歲在東區買房，走過許多艱辛求學心路卻又爽到翻天的風流韻事，常自詡是個雅賊……偷情不偷性，偷心不偷人。

這傢伙是個傳奇人物！

搞得我笛子也不想吹了，舞也不跳了，鼓都想丟去資源回收了啦！老哥！改天也教我搞台飛機來開開吧。我團長不當也改行當機長好了！

要體驗風趣幽默找這本
要激勵年少志氣看這本
要學習泡妞把妹買這本

信JAMES得永生

現在，請繫好您褲襠上的安全帶，一起進入機長詹姆士的瘋狂飛行世界！

台北極鼓擊　團長
張家齊

極鼓擊 www.taiko.tw

|推薦序4|

說不完的故事——絕對係金A！

空服員這個職業，讓女人幻想，讓男人遐想；機長這個位置，讓空姐趨之若鶩，讓副駕駛望眼欲穿。似乎「穿制服的男人最性感」這句話不是沒有根據的，而肩膀上的槓槓越多條似乎就越性感。

剛認識詹姆士的時候，是從網路聊天開始，從沒有見過他的廬山眞面目，只知道他是個機長，於是心中有了先入爲主的觀念，想說機長不是年過四十，滿臉皺紋，不然就是駕駛艙坐久了，養成中廣身材的中年男子。然而他的顯示圖片卻是一個年輕的三角小泳褲小麥色肌肉猛男？這點讓我百思不解（老實說從沒想過那會是詹姆士本人）。有一天我終於忍不住問他：「欸～那照片是誰啊？身材很正耶！」結果詹姆士回答「當然是我啊！不然我沒事放猛男的照片幹嘛？我是GAY喔？」當下我在電腦的另一頭被自己的白目羞到臉紅，又讓他的爆笑回答笑到我肚子痛。

這就是我認識的詹姆士，他有一種非常厲害的能力，不是一夜17次，也不是一天飛七趟，而是讓人發笑的能力。剛認識他的人總是會被他幽默詼諧風趣的談吐深深給吸引，他一開口，總是妙語如珠，可以把生活中的小插曲講成都會傳奇，還分成好幾集講（在古代就叫說書的），說也奇怪，好像老天有眼讓他的人生還眞的充滿了冒險性與戲劇性，讓他總是有說不完的故事和我們分享。

我在充滿神祕色彩中東的卡達航空當空服員多年，詹姆士是我見過最不像機長的機長，說穿了……完全沒有機長的樣子跟權威。他穿條短褲你會覺得他像是送快遞的，戴頂帽子你會覺得他是水泥工，我跟他走在捷運工地還被泰勞用家鄉話問候「撒挖低咖～」。在詹姆士身邊苦苦守候多年，幻想著能當上機長夫人，現在隨著詹姆士出書了幻想應該也離我越來越遙遠。

由於工作的關係，我和詹姆士的流浪路線在中東及印度這塊有了交集，這本書在他幽默寫實的筆觸描繪下，眞的是讓我感同身受、拍案叫絕，就彷彿搭了飛機到了中東，來到印度，聽到了可蘭經，嗅到了咖哩味。許多故事或許讀者會覺得太誇張是不是作者在唬爛，我可以在這裡掛保證「絕對係金A！」

親愛讀者：當您打開這本書，您就打開了一張阿拉丁的神奇魔毯，就讓Captain James帶您一起乘著它展開一趟讓您永身難忘的旅程吧！

卡達女台傭

鄭宇羚

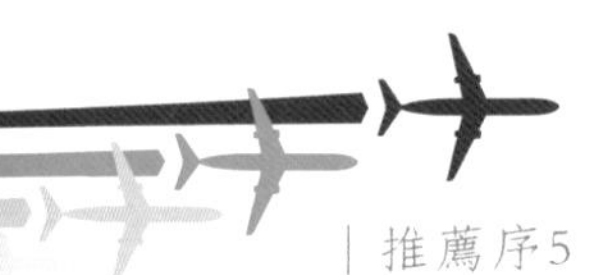

|推薦序5|

留在印度的我的心

從印度回來了這麼久，朋友們天天跟我嘮叨著說：「你網誌怎麼都還停在印度呀？感覺人還在印度還沒回來。」我也只笑笑的回應：「可能吧，人是回來了，但心還留在印度。」

網誌為什麼不寫完？我當然想把我在那邊的一點一滴通通都記錄起來，有誰不想呢？何況這還是我人生的第一次，在我旅遊版圖上的一個開始。

前面大家所看到的文章，都是我跟表哥James在印度的生活寫照，有人說都像是寫流水帳、像國小作文，但迫於無奈，在這裡眞的沒有值得寫的大事情，只能把生活的一點一滴寫進去。

在印度的日子裡，表哥上班我就待在家，眞的是沒什麼事情讓我有動力繼續寫下去，回到台灣也一段時間了，心卻沒回來似的。好想無憂無慮的繼續待在那邊，就算每天只跟表哥去健身房而已，我也覺得過的很充實。

在這裡還是要尋回留在印度的心，雖然去的地方很落後，但那天天和表哥混在一起的日子，以及許許多多的回憶，在我心中將會是最快樂最完美的，也算是在我專科生涯畫上完美句點的最後一次暑假了。

這趟旅程是我生涯旅行上的開始，深深的烙印在我的心中，有機會我想我還是會再去的，如果有機會的話……

回到台灣後我的生活習慣深深的被表哥影響。

在印度的時候每天早上就一定會沖咖啡喝，回到台灣後也是，早餐就只喝一杯咖啡。在印度每天早上就是跟表哥去健身房，回台灣後只要白天有上課，一定會跑去學校的健身房。

在印度的時候，在家的時間每天都會和表哥互相叮嚀做滾輪，回台灣後自己也跑去買一個滾輪在家裡練。在印度的時候跟表哥爲了練身材都會吃很少，一天只吃一餐半吧，互相叮嚀，回台後也是吃很少，過七點拒絕食物。

這些習慣都是在印度跟表哥天天養成的，回來剩一個人總覺得少了什麼，有些孤單，尤其一個人在健身房的時候，總會想到跟表哥在印度的健身房或在台灣健身房的日子。

表弟丹尼斯

兩個人常常互相嗆聲也互相叮嚀，之前都覺得有隻蒼蠅在耳邊天天唸很吵，但現在沒人在旁邊吵的時候又覺得孤單了，人就是這麼犯賤吧，我想！

表哥出書了，我當然要大大的祝福他，希望將來，我們還有機會一起鬼混！

表弟Dennis

黃翊軒

作者序

我是James，一個自有記憶以來就想當個飛行員的年輕人，朋友都管我叫詹姆士。

我把高中當醫學院讀了六年，畢業退伍後從一個開小黃的司機，一路到「開飛機」實現畢生夢想，並在30歲時當上全台灣最年輕的機長。甚至，我從來就沒想到過會有今天，能夠升格當個作家、寫作出書，這對我來說是一個全新的挑戰。

在創作的過程中，許多笑淚交織的回憶不斷地湧上腦海，但實際上要把腦海中繁瑣的回憶訴諸文字卻眞不是那麼簡單的事，我盡量收斂了平常我在部落格中不堪入目的字眼與語氣，保留了一貫詼諧幽默的語法，希望大家會喜歡。

常有人問我，當飛行員難嗎？對普羅大眾而言，要當個民航機師彷彿癡人說夢、遙不可及，而我的回答總是：「不會啊，要進航空公司當機師眞是太簡單了，只不過大家不知道門路而已。」甚至我會反問：「那你認爲當牛郎難嗎？」我認爲當牛郎難，但是對牛郎而言輕鬆愉快，而我們只是沒有門路及管道而已，如果我們有認識牛郎朋友，請他帶我們入行，那麼想當牛郎豈不是很簡單嗎？

舉這個例子或許不太好，但同理可證，要當民航機師只要有多益650分，就等於拿到進航空公司的半張門票，只要再花一年時間到國外拿張商用飛行執照，回來就可以報考航空公司的自訓機師了。

就我多年經驗，只要英文不差，從美國學完飛行回台灣考不上航空公司的學生眞的是極少數。坐在台下聽我上課的學生們，聽到我說「明年此時你們就是747駕駛艙裡的副駕駛」時，沒有人相信，但事實確實是如此。那些極少數考不上航空公司的學生，絕大部分英文不好，要不就是進入航空公司後進度趕不上被刷掉，六家國內航空公司都考不上的眞的很少。我要說的是，當民航機師眞的是很簡單的一件事。

早在十多年前剛從美國學成歸國時，曾興起「把在美國學飛行時那些酸甜苦辣、可歌可泣、血淚交織的回憶寫下來，留給後代子孫傳頌」的念頭，以免將來老年癡呆症發作，年輕時的豐功偉業到頭來化成灰燼，什麼都不記得。

直到幾年前我才開始在部落格上發表文章，也多虧了那「不曾嫌棄我部落格裡面沒有辣妹美胸圖」的朋友們給了我很大的鼓勵，我才慢慢開始構思醞釀撰寫這本書。

這本書最初的構思，是希望幫助夢想學飛行的朋友們，告訴他們如何進入飛行員的專業領域。但日子久了，我在部落格裡面的故事越寫越多，似乎讀者們對我這些年在國外飛行的苦日子，以及當年我在美國學飛行時發生的種種趣事特別有迴響，以至於這本書反而變成了個人的回憶傳記。

回想起當年下定決心出國學飛行前，因爲對美國飛行學校一無所知，對於國內的飛行生態更是不了解，一直不得其門而入。我用盡各種可能的方法，試圖想要找到已在航空公司的自訓機師諮詢，希望能夠覓得一些基本的概念及門路。雖說修行在個人，但畢竟如果有個師父領進門，一切都會簡單得多。

還記得有一天我家樓上新搬進來一位空服員，她男朋友是美國回來的自訓機師，心想總算逮到機會可以找到飛行員解解惑，於是興沖沖的要了電話打去，不料他接起電話後，就只回我了一句話：「你這種人的電話，我一星期都不知道要接多少通！」之後就不了了之……

現在，我自己成了自訓機師，在圈子裡小有名氣，也經常會接到想學飛行的學子們打電話跟我請教問題。當年那位機師賞的那記悶棍至今仍記憶猶新，所以我發誓不讓這些學子受到同樣的委屈，一路上我總是很熱心、耐心、細心的回答所有問題。我一直抱著一個信念，就是「永遠不要忘記自己是從哪裡來的」。

這些年來，我在外面坊間許多飛行教育機構當講師，也是台灣少數擁有美國CFI（飛行教練）執照，並眞正在美國飛行學校執教過的機師。我曾考取過外商卡達航空、阿酋航空以及日本JAL航空。從我進航空公司飛行以及教學至今，已經邁入第十三個年頭，中間遇到數不清的學子，無不是想跟隨著我當年的腳步，進入航空公司當機師。一直到現在，看到這些學生就彷彿看到了當年的自己，因此更加深了我想要寫書幫助那些曾經像我一樣充滿夢想，渴望飛上雲霄的人。

拖了十年的難產歷程，這本書總算誕生了，我也從一個小小副駕駛，磨到了機長的位置。近幾年我離開了台灣，流浪到了印度、沙烏地阿拉伯，現在落腳中國大陸的航空公司。當本書上市時，也許我早已經離開中國大陸，換到另一個陌生國度飛行。這些寶貴的異國體驗，都為我的飛行生涯增添了許多精彩的故事。

現在，請您繫好安全帶，讓 Captain James 帶您一同起飛吧！

自錄 Contents

Chapter 3 印度篇
在印度嗑咖哩的香辣日子

Chapter 4 沙烏地阿拉伯篇
在沙烏地阿拉伯的鬼日子

Chapter 5 中國大陸篇
飛翔在祖國的藍天上

Side story 番外篇

Contents

Chapter 1

美國篇

在美國學飛行的悲情歲月

United States

老媽桃酥的故事

上過我課的學生們，一定都聽我講述過當年大佬我剛到美國時，是如何「淒涼的被台灣人欺負，悲慘的被老外唾棄」的故事，而所有故事中最有名的，應該就屬「老媽桃酥」的故事了。每每聽完這故事的學生們，個個都是汗涔涔淚濟濟的。也因此，在眾多學生們的慫恿之下，我決定把當年在美國學飛行的悲情歲月，轉成文字記錄下來，給後生晚輩做個參考。

認識我的都明白我是個數學白癡、化學低能、歷史智障、國文弱智……跟我熟的朋友都知道我硬是把「高中」當醫學院念，換了四所學校念了六年，在出國學飛行前還是個開計程車的「問講」。

在出國學飛行前的我，只能說是個不學無術的傢伙，雖稱不上是壞孩子，但絕絕對對是個十足的trouble maker。例如家裡給了錢讓我去補習班補習重考，上一天課之後我就開始蹺課，蹺到不能退費時才被家裡發現。

又例如我剛考上華岡藝校時，把家裡給的兩萬五千塊房租放在書包裡面，書包也忘了關起來。我從陽明山騎車下山，一路騎錢就一路飛，跟散財童子一樣沿路灑錢，

有圖有真相

有沒有很討打的樣子？弄這怪樣，誰會相信錢會放在書包裡飛掉了？連我自己都不相信！

回到家時錢早已飛進路人甲乙丙丁的口袋裡去了。那時不管我怎麼解釋，老媽都認爲我把錢拿去打電動花掉，家裡的人怎麼說就是不相信我。

直到去年一個偶然的機會再跟老媽提起這段往事，我再次信誓旦旦的跟老媽發誓，當年眞的是錢放在書包裡，忘了關書包飛掉的，老媽這才面有難色地勉強的相信了我。唉！拖了18年的誤會這才終於沉冤得雪啊。

從有記憶以來，我就想當飛行員。當年念軍校被退學後萬念俱灰，曾經以爲人生沒有希望了。沒想到在偶然的機會裡得知原來可以自己出國學飛行，考飛行執照，從此便在我心中燃起一盞希望的小火炬。爲了存錢出國學飛行，我把老爸的車子拿去烤漆成黃色，改裝成計程車，考了一張執業登記證，便開始了我的小黃司機生涯。

好不容易存了一陣子錢，我開始試圖要說服老爸老媽讓我出國念書，但由於我過去素行不良記錄不佳，家裡認爲我八成又會半途而廢，然後就像把錢丟到馬桶沖走一樣浪費，所以一直不肯答應。

記得當年我費了好大的功夫，死求活求跪著求，才終於讓老媽心軟，跟爸爸說：「小蛋（我的綽號，小混蛋的簡稱）手不能提、肩不能扛，你要他以後幹什麼？就再給他最後一次機會吧。」就這樣，我得到家裡的許可跟支持，終於能一圓我兒時的夢想。

出國那天，老爸老媽跟我表哥，還有個一起念軍校的死黨送我去機場。在準備通關前，老媽冷不防地突然從手提包裡，拿出一小包用紅白條紋塑膠袋裝著，前一天晚上在廚房裡忙進忙出，自己烤的「桃酥」。老媽特別交代我在飛機上千萬別餓著，肚子餓了就把桃酥拿出來吃。十八相送之後，我道別了父母，哭得跟淚人兒一樣的上了飛機（那時壓根沒想到會一輩子跟飛機結下不解之緣）。

出國當天與父母親和表哥合影

在飛機上，總覺得好像窗戶沒關好，有風沙一直吹進我眼睛似的，眼淚一路止不住的流個不停，我眞的可以說是一路哭著到美國的。

第一次一個人搭飛機，我坐在陰暗靠窗的小角落裡，回

最要好的軍校同窗死黨「皮條」來送行；前陣子飛行下來，收到他老婆留言，我才知道他7月初因為淋巴癌過世了，藉此文章懷念死黨初孟軒

想著這些年來，自己荒唐的花掉了家裡多少錢、愚蠢的幹了多少次令父母傷心的事，在數不盡寒冬炎夏的夜晚裡，讓老爸懸著心爲我等了多少次門？我心想著，如果這一次再不成功的話，我要怎麼跟疼愛我的爸爸媽媽交代？一邊想著眼淚也一邊不住奔流下來。

在飛機上我肚子好餓，但無論如何我就是捨不得把媽媽給的桃酥打開來吃掉，對我來說，滿是母愛的桃酥何其珍貴，我想留著在美國想家的時候再吃，也許能一解思鄉之愁。

到了美國波特蘭後（Portland），有剛到那裏一個月左右的三位學長來接應我，悲情故事自此展開。

一到美國，就收到學長們送我的「見面禮」。

我搭的飛機是早上抵達的，接應我的學長卻姍姍來遲，讓我隻身一人在機場大廳等到中午才看到他們來接我。上車後並沒有讓我先回家放行李休息，而是直接轉往Costco換車子輪胎。一到Costco就讓我下車，把在飛機上哭腫了雙眼、尚未調整好時差、滿身疲憊的我丟在Costco閒逛，於是我就從下午一點坐在「路邊」睡覺，在路邊喔，直睡到了下午五點，才跟著學長回家……

學長們租的是兩房一廳的房子，兩個人睡一間，其中一間有空一塊地板（因爲大家都打地鋪睡地板），所以我就先跟學長們

被欺負到落淚的學長家客廳

住在一起。

當天晚上我口好渴，肚子也好餓，我請求他們帶我去超級市場（Safeway）買些水跟零食。他們把我載到超市之後，又是直接把我丟在超市門口，說是要讓我練習英文，訓練我自力謀生的能力。這是我這輩子第一次頂著一口破到不能再破的英文，離開父母的羽翼遮蓋，隻身來到這個舉目無親的美國，心中的恐懼著實筆墨難以形容，這讓我連想舉起步伐踏進超商大門都倍感艱難。

好不容易進了超市，拿齊了我要喝的水以及其他東西，走到收銀台前我呆站了十分鐘，看到每一個顧客結帳時，收銀員都會跟他「how's going tonight? find everything good?」的閒聊兩句，我英文不好，怕聽不懂對方說什麼，緊張到不敢去結帳，轉身又把剛剛拿的所有的東西放回了架子上面，餓著肚子走出了超市。

就這樣，我兩手空空的離開了超市上了車，學長們沒有伸出援手幫我，甚至連關心我為何空著手離開的言語都沒有。

這三個比我早到一個月的學長們，都是三十多歲、有過社會歷練、已經結婚有小孩的人，而我那時才只21歲，是個乳臭未乾的年輕小夥子，想當然只有被欺負的份。

「超市購物事件」只是前菜，在那之後陸陸續續一直欺負我的事情還有很多。

我就這樣滿腹委屈，餓過痛苦的第一晚後。

隔天，學長開車帶我去學校報到，因為是第一天報到，所以沒什麼事情，原則上中午前就可以辦好所有的手續。學長說：「第一天沒什麼事，等你搞定後我大約中午會來接你。」於是，我就這樣一個人待在學校裡，從中午開始等，一直等……無止盡的等……一個人不知所措地坐在學校沙發上等著，等到晚上八點，終於有人發現我不在家，打來學校問，才想起要來學校接我這檔子事。

隔一天，我二話不說改騎腳踏車上學。

跟學長住在一起的日子裡，我活像是個小媳婦，舉凡走路太大聲會被罵，講話太大聲也會被罵；吃完飯要被抓去洗碗，洗碗精用太多也要被罵；他們念書時我不能聽音樂看電視，我念書的時候他們最喜歡看電視聽音樂。生活上整體感覺就是灰姑娘跟三個後母一起生活。看倌們，你們能想像這有多淒涼嗎？現在回想起來，還眞萬分感激他們對我的三不政策——不管、不理、不幫忙——放任我自生自滅，也多虧了他們昔日對我的苛薄，才造就了今天如同小強般打不死的我。

例如到銀行開戶，他們就把我丟在銀行門口叫我自己去開戶。開什麼玩笑！我ABC大字沒會幾個，連在台灣我都不太會開戶了，更何況是美國？但不管怎樣，我還是厚著臉皮自己進去辦好。

又例如我要到醫院體檢，他們就丟了一個電話號碼給我，叫我自己打電話去預約。他們就是不願意幫我，冷眼等著看我出糗！我一輩子都記得到美國學的第一個單字就是「appointment（預約）」，因爲打去醫院後，一直聽到電話那頭傳來這個單字。現在我回想起來醫院應該是問我：「Do you have an appointment?（你有預約嗎）」

又例如我想買車，他們同樣的也是不願意帶我去看車，一切都是自己靠自己。

我就這樣累積著委屈，直到有天晚上，外面下著滂沱大雨，學長們都在客廳念書，我則剛被罰洗完碗筷，因爲走路太大聲又被狠狠地削了一頓。

我一個人落寞地躲進了房間裡，蹲坐在地板上良久，默默地打開我的行李箱，把東西一件一件的翻出來，像無頭蒼蠅般反覆翻找，試著要尋索出一點讓我覺得熟悉的安全感來。翻開偷偷帶來的媽媽爸爸以及哥哥弟弟的照片，聽著周華健的〈孤枕難眠〉，歌聲響在耳際，「我想著你的黑夜，我想著你的容顏，反反覆覆孤枕難眠」的歌詞旋律伴著我滿腹苦水，牽引起的熱淚已然盈眶。

摸索著行李箱時無意間一手抓到了什麼，定睛一看，原來是老媽在機場塞給我的桃酥。我望著紅白相間的塑膠袋，緊緊把桃酥握在手中許久，委屈的情緒瞬間如洪水翻騰般翻湧了上來，緊握著桃酥的手開始不停的發抖，壓抑許久的情緒再也忍耐不住，我不禁啜泣了起來。

舉起顫抖不已的手，好不容易咬下一口桃酥，熟悉的香氣、父母親關愛的身影、家的溫暖，對照著現在異鄉的處境，讓我怎麼都無法再繼續隱藏自己的委屈，以及想念家人的痛苦，堂堂一個男子漢，就這樣肆無忌憚放聲地嚎啕大哭了起來。當時哭聲之響亮，連對面棟的鄰居都跑來關切，看看發生了什麼事情。

印象裡我眞的哭得非常慘烈，胸口就像是要爆裂開來般地疼痛，汗水混著淚水，淚水和著鼻水，鼻水糾結著口水，口水夾雜著從窗台上噴進來的雨水……眼角盡是淚，嘴角滿是吞嚥不下掉出來的桃酥，好不可憐！幾年前爸爸離世時的哀傷哭泣，都沒那晚那般的驚天動地。

老媽親手做的桃酥，當時省著捨不得吃，後來全部發霉壞掉了

出國前不學無術的我

華岡藝校時期

學長們聽到慘烈的哭聲後，當然趕緊跑進房間來安撫我，勸我別太激動，別再哭了……事後我才知道，原來他們不是眞心要安慰我，是因為我哭得太壯烈、太慘絕人寰，嚇得鄰居們已經準備要去報案了，哈哈。

隔天，我就離開學長們，搬到了學校宿舍，遠離這些冷漠的同胞。

於是，老外欺負我的故事，就如此這般的展開。

不過被這些學長們欺負的情形，並沒有因為我搬離開而結束，而是斷斷續續的持續進行著。

後記：我對人的原則一向是「將心比心」，之後所有的學弟來，我每個都是無微不至的照顧，深怕發生在自己身上的委屈同樣發生在他們身上。我不希望自己的痛發生在後面來的學弟們身上。

天傑吾兒：

你的信已經收到了，你要的食譜我已經在你二舅那傳真給你了。不知道你收到了沒有
這裡我又寫了幾道家常的 不知道你看得懂？
我不知道美國那有什麼菜買，如果有不知道怎麼作的菜再寫信回来好了。
自己生活一定要注意安全 在天空飛的時候精神一定要集中、不能分心 知道嗎？自己出门在外、跟同學、跟朋友一定要和睦相處
自己的肝要注意 如果不放心一定要檢查、不管花多少，你老爸說不會長什麼、因為你在縣立医院还有省立医院都有超音波檢查 如果有東西、应該那時候就檢查出来了，不要疑神疑鬼
記住：愛吃什麼就買什麼回来吃、吃的並不多 有健康的身体、才有好的精神讀書、不要太小器、讓別人看不起、你有爸、媽、哥哥、嫂嫂、錢的事情你不要操心、一心把書讀好就好了
家裡一切都很好，不用操心 大哥可能8月8日放假回来可能放5天的假期。

三夫罵子

在上一篇文章中提到過三個欺負我的學長，要眞的說他們是我學長，其實他們也只不過比我早到大概三個星期吧！我們早在台北就認識了，那時的我還在跟家裡頭抗戰，試圖說服老父老母讓我出國學飛行，他們三個自己先行去了亞歷桑納州的飛行學校就讀，去了之後才發現學校跟想像中不一樣，後來又跟學校爲了學費的事鬧得不愉快因此而轉學。

他們三個人三台車，一路從鳳凰城開了三天，開到Oregon（俄勒岡州）的波特蘭。到波特蘭時，還是三個人，卻只剩下兩台車，因爲另一台車直接報廢在Hiway 5號公路上，哈哈。

這三個台灣人，一位叫小黑人，一位叫TONY，另一位叫凱文，凱文算是對我殺傷力最小的老哥。記得那時剛搬離他們，住到學校的宿舍後，我每天鬱鬱寡歡——心情大概只有當年的國父孫中山先生可以體會——因爲我每天必須面臨著內憂外患。內憂是同住在一起的奧地利籍室友「尤根」對我有種族歧視，每天對我冷嘲熱諷，而且態度非常不屑。至於外患呢？則是這三位自稱學長的老哥百般的刁難以及找麻煩。

搬出去後好幾個月的日子裡，在學校裡遇到了他們三個，是連招呼都不會打一聲的。台灣人眞的很奇怪，走到哪裡都愛搞小團體，然後不敢欺負外國人就專門欺負自己人，相信待過國外念書的朋友們應該都有深深的體會。

那時的我每天很努力的用功念書跟飛行，每天早上起個大早後立馬殺去學校飛一趟，飛下來之後頭都還在暈，又馬不停蹄地趕場去波特蘭社區大學念書。

因爲缺錢，每天中午只吃得起一個99毛的漢堡王充飢，下午再去學校飛一趟，晚上要是天氣好就再跟他拼一把，那時，老子窮得全身上下只剩下飛行魂。遙想當時，每天中午去學校旁邊的漢堡王花兩塊錢美金，買兩個華堡，一個當下三口之內就嗑掉了，另一個則留到晚上微波加熱後當晚餐繼續嗑。

一個99毛的華堡，一次買兩個，每次都找回兩毛錢硬幣，每次找完錢後就把這硬幣丟在車子中央扶手的置物箱裡面，那時要離開美國時，置物箱裡的一毛錢硬幣早已經是滿到不能再滿。數數看有多少一毛錢硬幣就知道當年在美國吃過了多少顆悲情的華堡。離開美國時，曾試著想要數，都數不完……回到台灣後，至少有十年的時間看到漢堡王就甩頭閃人，甚至聞到味道就怕，一直到去年，才又開始慢慢可以接受漢堡王。

因爲當拼命三郎飛行的關係，再加上有飛行的天賦（我到現在都跟學生們說，我全身流的是飛行的血液），考第一張私人飛行執照一般人大概要花三個月的時間，我一個半月不到就考到了。當我考到第一張執照時，那三位比我早來學校報到的老哥卻甚至都還沒開始準備。

考完執照那天中午，在學校接到一通電話（那時手機並不流行），是小黑人打來的，他邀請我去他們家裡吃飯！那時又驚又喜，想說他們肯定是要替我慶祝，恭喜我考上了私人飛行執照。事後證實，是我想太多了！

美國的漢堡王

接到電話後，我很快的照老大哥的意思，帶著又驚又喜的心情開車朝他們的公寓——也是當初拼了命想逃離的地方——駛去。我滿心歡喜的敲了門，沒想到門的另一頭似乎是不一樣的情緒。接著，我被叫了進去，被小黑人命令坐在客廳的餐桌椅上。一張四人份的餐桌，坐著小黑人、TONY還有我；至於凱文則是沒講任何話坐在客廳另一頭看書。

小黑人劈頭就朝著我斥訓：「你飛那麼快幹什麼？你以為你飛得快就能比我先回台灣找到工作嗎？你飛那麼快就是亂飛，根本不扎實，偷雞摸狗……」此時的我只想著，能通過一關關的考試，這可不是偷雞摸狗可以辦得到，而是我每天用功念書不要命拼來的心血！我的執照可是美國聯邦航空總署發給我的。小黑人說：「你英文有比我好嗎？你英文沒比我好，回台灣會比我先找到工作嗎？你關係有我好嗎？我老婆是XX大學公共關係系畢業，現在在報社工作，認識很多立法委員。你關係沒我好，那你飛那麼快回台灣會比我先找到工作嗎？」小黑人又繼續說：「你學歷有比我高嗎？學歷沒比我高，你飛那麼快幹什麼？回台灣會比我先找到工作嗎？」

當時我的回答只有：「嗯…嗯…嗯……」不斷點頭，一邊回答一邊眼角卻是泛著淚水……心想：「你是三十幾歲的人耶！我才幾歲，要比成就、比英文，應該比同年齡時期吧。你應該比比你21歲時在幹什麼？21歲時的英文怎麼樣吧？」心裡雖這樣想卻也不敢講出口，要是講出口可能連大門都出不去了！

這裡要再一次感謝他們三位老哥的招待，才能成就今天的我。當日你嫌我英文破，我隔天就去念語言學校！你嫌我學歷不好，我馬上去申請學校來念！後來事實證明，我30歲就當上了全台灣最年輕的機長（請參考2007.11月號Cheers雜誌），比起當時眼紅飆得我狗血淋頭的小黑人還年輕個幾歲。

在美國學飛行的瘋狂歲月裡面，我打破了很多項到現在還沒有人可以打破的記錄！

一般台灣人到美國學飛行只要拿到商用執照就可以回台灣航空公司找工作，而台灣人考到商用執照所需的時間大概平均是花一年左右，有的更長有的則短一些，我卻只花了五個月！我不但考到了商用執照，還繼續考了飛行教官執照，甚至留任學校當飛行教官。我在美國曾教過的學生，也有後來回台灣後碰巧成爲我副駕駛的。

我是全校開校以來第一個僱用的台灣籍飛行教官，我從完全不會飛行，到考上美國飛行教官執照只花了七個月的時間。這個記錄學校到現在連美國人都還沒人能破得了。所以學校裡大家都還流傳著我「Crazy James」的封號到現在。

左圖是在學校當教官時的員工證；右圖則是我當年的名片

後記：有一天我和TONY以及凱文要去報名參加社區大學的英文班，我們要報名的是付費有學分（credit）的課程，但是必須參加能力分班考試，如果連第一級都沒能通過的話，就只能參加所謂的幼幼班，是免費的英文課。當時考完試後，我順利通過了，而TONY以及凱文卻只能參加幼幼英文班。

特殊技能類 Special Skills

華信航空正機師王天傑

挑戰夢想，自學飛行成新寵

想當機師，不再只有過往狹窄的路徑。他咬牙攢錢，自掏腰包到美國，豁出一切精力學飛行，如今成為最年輕的正機師，人生閃亮起飛。

文｜祝康偉　特約攝影｜林麗芳

在一片不景氣中，機師連年蟬聯最高薪寶座，加上民航局放寬體檢與年齡標準，國內各家航空公司廣開自費學飛的報考大門，讓近視或將屆40歲的人重燃飛行夢，吸引不少律師、醫師、園區工程師捨棄工作，到國外自費接受飛行訓練。

今年31歲的華信航空正機師……灣最年輕的正機師。從小立……從軍校輟學。但鄰居赴美……師的激勵，讓他茅塞……還有另一條路！」

如何選擇飛行學校

美國挾著語言優勢，是許多人實現飛行夢的學習市場……航空公司人事單位判斷……行學校，但良莠不齊，加上學校名聲會影響航空公司人事單位判……須按……

根據 FAR Part 141 設立的飛行學校，須按……此種飛行學校大多數會核發M1和J1的留學……學與飛安較嚴謹。此種飛行學校大多數會核發M1和J1的留學……持觀光簽證往往要……要留意，因為訓練時間長達6個月到1年，持觀光簽證往往……增加花費……

天氣好壞會影響學成歸國的日期，增加花費……夏天……都不適合。像加州就是很好的地點，因為下雨少，夏天……

有的學校只有兩……外，選擇時要瞭解該機場是否擁有完善的助導航設……

Cheers雜誌內文

Cheers雜誌2007.11月號

Only Monkey and Asian eat Banana（只有猴子跟亞洲人吃香蕉）

「宿舍」，其實是學校跟外面社區承租的房子，是一般的美式二層樓木造公寓，配置是三房一廳雙衛浴。主臥室是套房有自己的衛生間，價錢當然要貴得多。剩下兩間則是所謂的雅房。我窮得都要被鬼抓走了，當然也只能住得起雅房。剛搬來宿舍時我有兩位室友——一位是印尼籍的年輕人，另一位則是奧地利籍的怪咖名字叫「尤根」。

印尼籍室友不常出現在宿舍，連他叫什麼名字我都忘了，很難得可以遇到他一次。至於奧地利籍的室友，我則是每天跟他大眼瞪小眼，吹鬍子瞪眼睛。我的英文能夠進步神速，如吃冰山雪蓮，除了下面文章會提到的「錄影帶」幫忙外，最要磕頭感恩的人就莫過於「尤根」了。和他相處的時光裡能夠記得的事，就是每天吵架。我從一開始只能夠鴨子聽雷、啞巴吃黃蓮，吵到後來居然可以他講一句，我回三句，再補問候他家人兩句。回想起來，造就我現在超愛跟老外吵架的原因，應該就是當年跟尤根相處的那段時光播下的種子。

跟老外相處很痛苦的一件事，就是他們從來不洗碗盤，廚房洗碗槽裡永遠是堆滿了用過的骯髒餐盤，餐桌上也永遠是麵包碎屑。他們習慣要吃東西時，才會順手拿起洗碗槽裡的盤子來洗，用幾個洗幾個，吃完後又繼續丟回洗碗槽裡。我這個死處女座有嚴重潔癖的男人，也只得「他們丟我就洗，他們吃我就掃」。

老外衛生習慣之差，例如廁所的衛生紙永遠都是我去買來換的；馬桶和地板上的尿漬也always是我幫他們擦乾淨的；而晚上尤根總是喜歡在客廳喝啤酒，把電視聲音開到破表，無視其他室友存在。

余憶童稚時，剛搬去那宿舍，為了討好室友尤根，以及打好人際關係，有一天我去超市血拼回來後，尤根一個人坐在沙發上喝著啤酒看著聲音開到破表的電視，我順手拿起了一串香蕉請尤根吃。沒想到尤根卻回了我一句非常「經典」的話：「Only Monkey and Asian eat Banana！（只有猴子跟亞洲人吃香蕉）」啃！再讓老子遇到你一次，我一定跟你說：「Only Baboon and European fuck Asshole（只有狒狒跟歐洲人搞屁眼）。」（註：猩猩比狒狒來得高度演化，猩猩和人類的智商較接近。）

因為住宿舍的關係，所以室友總是來來去去，不變的是……我總是幫這些老外們打掃環境；不變的是……我總是跟室友們做國民外交練習英文（吵架）。

奧地利籍室友尤根

就在「尤根」學成回奧地利後，搬進了一位只有19歲學直升機的德國小夥子，名字叫「烏里」。這小子眞他媽有夠可惡的，除了衛生習慣更惡劣外，人品更是糟糕到了得。我必須坦白說，那時「烏里」搬進來後，不得不承認我有好一陣子的時間眞的非常非常的懷念「尤根」。

幫室友尤根剪頭髮報仇的時候到了

「烏里」有多可惡勒？舉例來說，那時宿舍是沒有電話的，電話都必須要自己申請安裝。那時爲了能夠打電話回家給我的老爸老媽，自己也申請安裝了電話。

烏里那時居然誇張到，有一次我飛行完回到宿舍後，發現我房間的門縫底下拉著一條電話線，我沿著電話線一路跟進到了烏里的房間，看到烏里大喇喇的躺在床上跟「馬仔」講電話。才發現原來烏里趁我不在家時，自己帶著電話線偷偷跑進了我的房間偷接我的電話，直接光明正大拉到他房間去用。

爲了這件事免不了我們又吵起來了，隔天我飛行完回宿舍後，「烏里」居然找了十幾個德國人在我的宿舍裡開party，挑釁的意味非常濃厚，嚇得我只能躲在房間裡。後來我跟學校反應這件事，學校居然還說：「電話爲什麼不能給室友用？」唉～當個「阿華」就該被瞧不起跟欺負嗎？我這輩子最討厭兩種人：一、是有種族歧視的人；二、黑人。

講到這，忽然又想起，前室友尤根曾經跟我借過電話打回奧地利。那時尤根借電話時帶了一支碼錶，從電話接通後他開始按錶，講完後停錶，算了一下多少錢後拿給了我，眞是有一套……

我的每位室友好像都有個「經典」的故事，這位「烏里」當然也不會例外。

美國北方冬天會下雪，而且非常的寒冷，所以房子裡通常都會有「fire place（壁爐）」，就是聖誕老公公爬進爬出的地方。

記得那年冬天非常的冷，我從學校回宿舍，才一開門就感覺到一股暖意衝上心頭，便看到烏里蹲在客廳的壁爐旁升火取暖，我不疑有他。其實心裡還帶有點感動的意味！回過頭，肚子有些不舒服，我到客廳的廁所裡撇大條。我的習慣是撇完條後，爲了防止馬桶堵塞，會把第一噗最髒的衛生紙丟進馬桶裡，剩下的全部丟進垃圾桶。

烏里居然就在這個壁爐裏燒起馬桶衛生紙

就在我擦完第一把，要把第二輪第三輪的衛生紙丟進垃圾桶時，才發現怎麼垃圾桶不見了啦？X您老師哩！我當下只有一個念頭：「烏里！一定是被烏里幹走了……」我當時氣得連馬桶都忘了沖水，屁眼擦乾淨了沒也都不知道，只記得穿上褲子就往客廳衝去，見到烏里就罵：「Where is the toilet trash can?（廁所裡的垃圾桶勒）」說時遲那時快，當下就看到烏里蹲在我的垃圾桶旁邊，手一邊還拿著紙往壁爐裡丟。那時的我還沒反應過來，對著烏里又是一頓罵：「What the fuck you doing with my toilet can?（你幹xx拿我廁所的垃圾桶幹麼）」只見烏理丟下手邊正在往壁爐裡燒的紙，衝向廁所……%︿＃＠︿＊＆︿%原來房子裡熊熊的暖意，全是烏里拿廁所垃圾桶裡擦大便的衛生紙丟進壁爐裡燒出來的……難怪……在陣陣暖意上心頭的同時，也有那麼一絲絲屎味衝上鼻頭！

後來烏里在廁所裡用菜瓜布一直刷手指頭，連刷了十分鐘。邊刷邊「幹喬」！他怪我爲什麼我要把擦屁股的衛生紙丟在垃圾桶裡？我跟他說：「很正常啊，因爲衛生紙丟馬桶的話會堵塞住啊。」原來，歐洲人是非常環保的，擦屁股用的衛生紙都是非常的薄，入水即溶。歐洲人擦完屁股都是把衛生紙直接丟進馬桶裡的，哈哈。

I am Oregonian.
（我是俄勒岡人）

我念書的地方在美國西北的Oregon（俄勒岡州），美國西部沿海大家比較熟悉的應該就只有加州，而「俄勒岡」就在加州的上面。Oregon上面則是「華盛頓」州，很有名的「西雅圖」就在華盛頓州裡。

穿著俄勒岡州大字衣服趴趴走，注意胸口的俄勒岡大字

Oregon這個州——鳥不生蛋，雞不放屁，猴子不打手槍——在美國人眼裡是個鄉下地方，就有點類似台灣的雲林、斗六等地。Oregon州政府爲了吸引其他州人口移民來俄勒岡州，所以整個州是不用打稅的。舉凡日常生活買東西，買車買房都是不用上稅的。到過美國的朋友應該都知道，飲料一罐99毛，拿一塊美金去付帳還不夠哩，因爲要打稅。例如加州就要打8.5%的稅。

知道美國還有哪個州免稅嗎？那就是冰天雪地，在北極圈裡的「阿拉斯加」。

話說，大佬剛到美國的時候很喜歡穿著身上印有Oregon大字的衣服或是棒球帽。幾次以後老美終於忍不住了，跑來跟我說「這樣很丟臉耶」，我頓時才恍然大悟。

試著想想，如果你穿著印有「雲X鄉農會」大字的衣服，或是「虎X鄉公所」的棒球帽，走在台北東區，是不是丟臉到了極點啊？

Oregon最有名的城市是波特蘭，而我念書的地方叫「Hillsboro（西斯柏羅）」，波特蘭有點像是「台北市」，而「Hillsboro」就像是板橋吧。

剛來Hillsboro時我還只是個21歲乳臭未乾的毛頭小伙子，來美國前我的興趣就是跳舞，來到這裡後大改我整個人生的作息，後來居然愛上了這裡的寧靜以及單純。

在美國念書時，我最大的興趣以及休閒娛樂就是逛超級市場了。而這個習慣一直沿襲到今日，直到現在我還是超喜歡超喜歡去逛超級市場。雖然每天逛的東西都一樣，但是每每都可以發現到一些小小的驚奇，每次一逛就可以逛好幾個小時不覺無聊，女人都比不上我。

附帶一提，全球最大的CPU生產廠「Intel」全球總部就在我們學校對面，不信的話拿起你電腦CPU的包裝盒，看看上面的地址是不是打著「Hillsboro, Oregon」。還有，NIKE全球總部，也在我們學校旁邊，而且兩家公司的私人飛機全都停在我們的機場裡面。

最後，我必須很驕傲的說Oregon我以你爲榮。沒有你，沒有今日的我！

I am Oregonian.（我是俄勒岡人）

我做了件全天下男人都會做的事

剛到美國的前幾個月，因爲風俗民情以及文化差異，加上ABC字母對我的不熟識，鬧出了很多笑話，也惹出了不少的麻煩。

先前故事裡曾經提到過的「漢堡王」，就在漢堡王對面有一家錄影帶出租店，印象裡好像是叫「US. Video」來著吧，年代久遠到已經不可考了。第一次去那家店時，我做了件全天下男人都會做的事——租A片。

（弟兄們！你們也知道一個人寂寞難耐，沒馬子在身邊，又怕去傷害其他馬子……唉！只好找些樂子做做，才能得到心裡的平靜……哥兒們，我想你們懂的……）

記得剛踏進那家店時的心態是絕對健康的，眞的很想好好的找部電影來學學英文，誰知道就在這家不大的店裡頭，逛著逛著，忽然看到一間小隔間，門口還用塊不透光的黑布遮著，上面有塊牌子寫「18禁」。講到這，想必大家都知道這小隔間是啥了吧？沒錯！就是專放A片的小房間。說時遲那時快，我很快的左看看右看看，東張西望了一下，立馬用迅雷不及掩耳之速度鑽進那小小的房間裡頭。

在1997年，那時連VCD都還沒有的年代，更別說DVD了，連電腦都還停留在286，錄影帶就是所謂的「VHS」。

在這兩坪大的小房間裡，塞滿你我的「夢想」。滿滿滿的A片，由左至右，由天花板到地板，整體感覺起來彷彿這房間是用A片的精采封面當壁紙而裝飾起來的。當時興奮的我就像是「久旱逢甘霖」啊，腦海中還一邊盤算著，等會要去超市補給一些個人「清潔用品」，順便還要去買副無線耳機，以免住我隔壁的奧地利室友發現。嘿嘿！

那時一直還搞不懂一件事，爲什麼每片錄影帶盒子下面都掛著一個類似狗牌的小牌子，牌子上還寫著片名？當下只有一個想法，可能A片盒子上面寫的東西太複雜，包括咿咿ㄚㄚ的對白，或是什麼4hrs Long之類的廣告都寫在錄影帶盒子上面。所以店家爲了方便租影帶的客人，特別用小牌子把影帶的片名清楚標示在這小牌子上，掛在錄影帶下面。

我發揮中國人勤儉持家精神，很快的挑了四五片都是6hrs 或是8hrs long的錄影帶（價格不變，時間加倍），把這四五片的錄影帶疊的像端蛋糕一樣，端在手上走出了小房間。才剛踏出去，怎麼彷彿隔世……才幾分鐘的時間，原本冷冷清清的店家，怎麼忽然間門庭若市起來了？人眞的不能幹壞事，尤其是我……當下只好東躲躲西藏藏，好不丟臉的把這一大疊的片子拿到櫃台前去結帳。

一到櫃台，櫃檯結帳年輕的妹妹們開始嘰嘰嗚嗚，一直跟我講些我聽不懂的英文，並且把我所有的A片全部收了起來放回了小房間！當時我嚇到全身冒汗，臉漲紅到像猴子的屁股一樣，打顆雞蛋到我臉上肯定能煎出一顆漂亮的荷包蛋。搞了半天，原來要租錄影帶並不需要拿整捲帶子，而我從裡面拿出來的錄影帶盒子只是樣品。要租影帶要拿下面的小牌子，下面的小牌子剩幾片就代表還有幾片；如果沒有小牌子就代表這片被租光了，拿這小牌子給店員後，他們就會到櫃檯裡找出這些片子。

年輕人的房間總少不了裸女相伴

當時眞糗，糗到了一個無聲的境界，感覺時間與身旁的世界都凍結了。後來我也才知道，我是他們店裡有史以來第一個把所有A片盒子抱在手上拿到櫃台的人。（從此之後我就明白了，只要牌子掛很多的片子我就不租，代表銷路不好。）

回過神後，我立刻絞盡腦汁，想盡了這輩子所有我會的日本話，當下馬上對著櫃檯裡年輕的妹妹以及圍觀看笑話的群眾講出了「又洗，又洗。three 媽謝，阿裡嘎斗」。在一陣子安靜後，四面八方開始傳來：「oh～～Japanese（原來是日本人）。」哈哈，嫁禍給日本人的感覺眞痛快，我替國父報了一箭之仇。

爽！從那天起，我只要去租片子，大家都知道，日本人又來租A片了。甚至還會跟我問候「吼嗨喲」咧。

Nude Beach（天體營）

剛學飛行的時候教官常常帶我飛到一些豪宅上空，跟我說：「James你看到那些游泳池嗎？這些有錢人家的女人啊，每天早上七點左右就會全裸的在游泳池裡面游泳。」我聽到的反應當然是質疑，爲什麼我教官會知道？教官說因爲他早上要兼差做交通播報員（Traffic Watch），所以每個區域都必須飛得很熟悉，也因爲這樣，哪裡有什麼好康的他都知道吧。

美國因爲地大物廣，電視台或是政府會請飛行員，上下班時間低空飛行，回報即時的交通狀況。而我的教官——根據他的說法——每天早上起飛後播報前，他都會先以低空500英呎飛過這些個豪宅的泳池，也不知道是眞的還是假的。

不過，自從教官跟我講完後，我每天早上就多了一趟七點的solo飛行。但說也奇怪，爲什麼教官跟我說的裸女游泳，我怎麼都看不到捏？再過了一陣子學校忽然間發了個公告，內容大致是「學校附近某個空域禁止飛機在早上低空飛行（哪個區域，我也不用解釋了吧，哈哈）。」學校說：附近居民投訴，每天早上七點都會有Traffic Watch的飛機，飛到他們游泳池上面。其實，那飛機是我。拍洗，讓他們這些Traffic Watch的飛行員幫我背了個大黑鍋，哈哈。

後來幾次的飛行，我又跟教官討論到這件事，我跟教官說：「教官啊，沒有游泳池的辣妹可以看了，我們日子要怎麼過啊？」教官又爆料說：「我跟你講喔，I–5往北靠近Columbia River

邊邊上面，有個Nude Beach（天體海灘），只要低空飛500Ft就可以看到很多裸女喔！」又是500呎，我跟500呎挺有緣的嘛！不用講，之後的好幾趟solo的飛行裡我都試圖去找那個天體營，不過到我學成歸國前，卻一直都沒有找到，真是天大的遺憾。

尋找天體營前與學生合影

因為我有考取美國飛行教官執照，回國後除了飛行，另一方面也在外面的補習班教書，教那些跟我當年一樣想學飛行的年輕學子。上課時，提起了這段遺珠之憾，我跟學生們約定，等你們去美國學飛行時我一定會去看你們，然後一起開車去找這「天體營」！

這些學生到了美國學飛行後，我依約到美國去看了他們，提起當年上課時討論到的「天體營」，二話不說，大家馬上把隔天的飛行取消，一起跟教官我去尋找傳說中的天體營。

隔天，我在學校旁的Avis（美國連鎖租車公司）租了一台雪弗蘭的小轎車。店員問我要不要保險？（那時租一個星期七天的車子才$89.99，保險居然一天要價$24.99，不要跟我開玩笑啦！）想說怎樣都不會那麼倒楣（那時還不知道自己是超級賽亞人），所以就乾脆不保保險了。

Nude Beach果然眞得很順利的被我們找到，也像想像中的一樣，海灘入口處有告示牌：禁止拍照、禁止穿衣服……等等。Anyways，進去看了之後，與其說是天體營，不如說是老人蹓鳥營！！不過我還是入境隨俗，很積極地把自己給脫光了爲國增光！所有學生中也只有我有這膽量脫了。

回程時，可能滿腦子都是遺憾，倒車時不是很專心，只聽到「蹦」一聲，保險桿撞到水泥路障，凹了一塊！

靠！這下糗了，沒保險，聽說美國修車最貴。看了看這個保險桿其實也只有被撞凹一點點，但是這一點又一定會被租車公司發現啊！不管了，幾個人先把車子開去保養廠估個價，沒想到這一點點的小傷，居然要兩千塊美金？！幹XX，叫我家巷口做鈑金的老王來美國開店算了啦，這種小傷，在台灣同樣價錢就搞定了，不過幣值單位是「台幣」。

天體營（有圖有真相）

$2000USD，再怎樣我也不可能修得下去，當下就把估價單收進口袋裡，不修了，自己想辦法！沒有什麼事情是難得倒窮苦的留學生的。

我們想出來的第一個辦法，先去賣場找了罐跟車子顏色一模一樣的補漆筆，然後我們每個人開始吃口香糖，再把嚼爛的口香糖收集起來補在那個凹進去的保險桿上，補平之後再把包口香糖的錫箔紙鋪上去，然後再用補漆筆把漆塗在錫箔紙上面。厲害了吧？搞完之後我自己都覺得是愛因斯坦了！不過，想像與現實的差距確實很大，成品實在太假，車子不被我們亂搞可能還好很多！

暨第一個鬼點子失敗後，我想這下「以假亂眞」是失敗了，看來只能用「魚目混珠」的方法了。幾個人坐在路邊，痔瘡都坐爆了，還是想不出解決方法。這時候一台髒得跟剛打完波灣戰爭的卡車突然開過我們面前……我靈機一動，「幹！！就這樣搞！」幾個人回家拿出所有的寶特瓶，全部裝滿水，然後我們把車開到一個很空曠的沙土地上，先把水全部倒在車上，尤其是保險桿的部位，然後我就上車開始甩尾，目的是要讓這些塵土黏在車上。飆起來的風沙之大，連在好幾mile外都看得到，最後居然連警察都來關注了。Guess what？我眞的是孔明再世，大成功，哇哈哈哈！連我自己要找出被撞凹的地方在哪裡都不知道，整台車就像掉進尼斯湖裡面又開出來的一樣。

還車時，因爲不常幹壞事，所以顯得特別的緊張，跟店員講話時彷彿周圍的空氣都凝結了。店員請我把租車時的單據拿出來給他，我一時心急手往口袋裡掏，把單據全部都給了店員。正在暗自竊喜這一切都要結束了的同時，店員說話了：「爲什麼車子要修$2000塊啊？」

＠＃︿＆＊＆＄＊我的老天爺ㄚ～我居然把修車的估價單給了店員！怎麼會這樣啦……店員趕緊把店長招呼了過來，我靈機一動跟店長解釋著說：「ㄟ……這是我朋友的車子啦，就是因為朋友車子壞了所以才要租車啊。」很顯然店長是完全不相信我們幾個尖嘴猴腮的ㄚ華，自己到了停車場，整個人鑽進車子底下，一直懷疑我們把車子當大腳哈利玩4DW，把車子底盤搞壞了。好險，這笨蛋店長的注意力完全不在後面保險桿上，居然就這樣過關了，好加在，好加在！

不過，自從這次事件後，雖然我每年都回學校好幾趟，但卻再也不敢在那家Avis租車了！

Hillsboro Aviation美西最大飛行學校（我的老家）

詹姆士電影院開播了

暨學校宿舍之後，我搬去跟晚我幾個月到學校報到的兩位台灣新同學一起住。他們倆原本的室友因爲個性不合起了衝突搬走了。這兩位室友，一位是Howard，另外一位是Ivan。

Ivan沒來學飛行前在電視台當導播，同時也在輔仁大學裡面當助教，人很穩重，正經八百，平常不跟我們大家543，是個不苟言笑的好人。Ivan年紀長我跟Howard很多，喜歡獨來獨往，平常都自己一個人到「星巴克」點一杯咖啡，就坐下來念一整天書。至於Howard那時剛退伍，大我兩歲。大家都屬年輕人，跟我的互動自然也相對的較多。

平時我們三人各自爲王，飛行的飛行，念書的念書，上課的上課。會碰在一起的時間就是晚餐了。我們的慣例是分工合作，一人煮一道菜，誰心情好有怪點子想吃什麼就自己煮。每次我們都會多煮很多，把剩下來的飯菜裝成便當，隔天帶去學校當午餐。Howard在部隊時是伙房兵，每次炒菜時總是叼著菸口中唸唸有詞，講一些怪道理，然後把飯菜當作大總舖來煮。不過說實話，Howard炒的飯菜眞的有一套，我到現在很多煮飯燒菜的技巧，都是他那時傳授給我的。

有一天，我剛從US Video（先前提到過的錄影帶店）租了幾片新的A片回來，那時我房間自己有台錄放影機。這天Howard終於忍不住開口了：「ㄟ，James，每次租了新片都自己躲在房間看，很沒意思ㄝ，獨樂樂不如眾樂樂啦！」可是這種事情我就是

室友Howard和Ivan現在都是B747機長，一同看A片室友Howard現在是兩個雙胞胎女兒的爹

喜歡自己一個人關在房間看，看完了還可以……而Howard也不願意爲了看我的A片而特地去買台錄放影機。怎麼辦ㄋ？兩個人開始想辦法……辦法是人想出來的，尤其是在看過我這麼多篇文章後，絕對知道我一定會有解決的辦法。

最後，我跟Howard突發奇想，那時我們租的房子，每間房間的牆壁上都預留了第四台的cable插座，也就是說房間只要有電視，就可以直接把電視的訊號線接到牆上的cable插座裡，不用另外拉線。

我們心裡這樣盤算著：既然屋子外面第四台cable訊號可以進到我們屋裡，而且每間房間只要把電視cable插頭插上，就可以收到清晰的第四台訊號，那就代表每個房間的cable插座是串連的。簡單來說，就是這些cable插座是相通的，「理論」上只要把我房間當作是基地台，把A片透過我錄放影機的output（輸出），直接插在我房間牆壁上的cable插座裏，把訊號由我這輸出，灌送給隔壁房的Howard，他就可以收到我訊號，同步看到我錄影機送出的訊號。

我們大膽假設，小心求證。費了好久的功夫，接這些線頭。搞了大半天結果失敗，只能隱隱約約在Howard房間的電視上感覺到好像是有那麼些訊號？經過我們討論的結果，應該是我錄放影機輸出的功率不夠大，功率不夠大就像是老漢推車，Howard房間當然收不到訊號囉。於是我跟Howard興奮的趕緊開車到最近的電器行，花了39.99買了一台強波器回來。進家門時兩人瘋狂到連滾帶爬的飆進我房間，餓虎撲羊，只想趕緊搞定這一切，趕快看這3部新片。

後來Howard的電視還是看不了我房間發出來的訊號，不過，訊號有越來越清楚的傾向，所以我們決定把這台「弱」的強波器拿回去退了，再換台功率更大的強波器。Anyways，事情總是沒那麼順利，天總不如人願。幾經失敗之後，強波器的價碼也已經買到快200塊美金了，而我們異想天開的計劃卻還是失敗。加碼買強波器的錢，都可以讓Howard自己買台錄放影機了，於是我們最終還是放棄了這個計劃。

實驗可以失敗、計劃可以放棄，但是A片總不能不看吧？最後我們想出了一個經濟實惠而且一定可行的方法，就是直接從我房間的錄放影機output（輸出），拉一條線，穿過家裡走廊，直接拉到Howard的房間裡接在他電視機上就可以看啦。神奇吧！

接下來的幾天，我回到家Howard就會問我：「James電影院」今天幾點開播啊？因爲主控權在我咩，所以我都會講個時間，讓大家先忙完手邊的事情，等等才可以看得開開心心，爽爽快快！後來，電影院生意越做越大，很多其他的台灣學生都聞香而來，晚上都會到我們家這裡等James電影院開播。（James出品，品質有保證。）

然而，男人對A片的喜好不盡相同，常常我看到不喜歡看的畫面就直接按遙控器快轉，這時候Howard就會立刻打電話給我叫我不准快轉。久而久之，我都知道Howard喜歡看哪一種橋段，哪一種劇情了！只要Howard一打來，我總是會跟Howard說：「兄弟，讓我先來。等等我處理完後，再倒轉回去換你。」至於處理什麼事？大家就心照不宣了！

駕駛艙裡黏巴達

Cessna 152，幾乎是每位初學飛行學生的教練機，就有點像早期學開車，教練場裡頭的裕隆速利1.2。既然都說了像速利1.2，很肯定裝備、外觀、性能，不可能好到哪裡去。

Cessna 152是台雙座的教練機，很小很小。駕駛艙擠了兩個人後，連放行李的空間都沒有。而駕駛艙之小，只要不是標準身材的人（瘦子），兩個人在駕駛艙裡頭就是在表演「黏巴達」。

試著想想：「在炙熱的夏天，你和你的教練兩個人擠在比半張麻將桌還小，沒有空調的機艙裡，倆人穿著短褲，大腿黏大腿、手臂黏手臂」是什麼樣子的感覺就知道了。

Cessna 152是台雙座的教練機

而這沒有空調設備的Cessna 152，基本上機外溫度是幾度，機內就是幾度；夏天的時候機內溫度要再比外界溫度大上個十來度，活似長得像飛機造型的大烤箱。所以Cessna 152機艙裡有個可拉拔的開關，拉出來就可以把飛機外

窄小的駕駛艙

面的空氣直接引到駕駛艙裡來，夏天的時候，我們就是靠這個小小拉拔的開關勉強過活的。而冬天的時候，飛機上同樣也有一個可拉拔的「暖氣」開關，拉出來就可以把引擎室裡的熱氣吹入駕駛艙。各位可以試著把家裡汽車的引擎蓋打開，把頭埋進引擎室裡，就可以知道我們在這飛機裡頭聞到的是什麼味道。

正因爲引擎室的味道不但不好聞，而且還蘊藏著豐富的一氧化碳，會造成飛行員一氧化碳中毒。所以所有Cessna 152的儀表板上都貼著一張小小片的「一氧化碳試紙」。這試紙平常是白色，如果探測到過量的一氧化碳就會變成黑色。

這個「暖氣」因爲是直接從引擎室導氣進入駕駛艙，所以非常非常的熱。在冬天飛行的時候，我們是非常忙的。實際上我們並不是忙著要把飛機飛好，而是天氣太冷，我們必須要拉開關開暖氣，不到一會兒功夫暖氣馬上會把機艙變成桑拿房，所以又必須要趕緊關掉暖氣，拉開冷氣開關；而冷氣開關一開，機艙立馬又會變成冰窖，此時又得趕緊再拉開暖氣。暖氣拉太久整個機艙又都是機油味，又必須要關掉暖氣……整趟飛行整隻手沒有閒下來過，就在那裡拉了又關，關了又拉，活像在打彈珠台一樣。

Cessna-152駕駛艙冷熱拉拔鈕

這不禁又讓大佬我想起一件事。記得夏天某一個酷熱的中午。有兩個同學相約飛一台飛機出去X-country（越野飛行），那時學校沒有規定學生飛行時要穿怎樣的服裝，所以大家都盡可能的以輕鬆、舒服爲主。這兩位同學就穿著短褲上去飛行了，沒想到才剛起飛，A同學就感覺肚子怪怪的，跟B同學說：「ㄟ，我肚子不太舒服せ，我們還是取消飛行好了，跟塔台說我們要返場落地。」B同學也照辦了，只不過當時的飛機實在太多，要排到好幾架後面才能落地。A同學這時跟B同學講：「趕緊跟塔台申請Emergency（緊急）落地！」因爲申請了Emergency，飛機就有優先權可以落地，這個時候B同學才眞的覺得大事不妙了。

一路上只聽見A同學一直喊：「快ㄚ～快ㄚ～我快不行了啦！」B同學也一路安撫著說：「兄弟～你撐住ㄚ，就快到了啦，忍一時風平浪靜！」說時遲那時快，A同學終於忍不住挫青屎了。只見A同學短褲的褲管口流出了黃色濃稠汁液，而這汁液順著A同學的大腿流到B同學的大腿上，再順著兩個人的大腿流滿了整個機艙的地板。然後屎味洋溢在整個攝氏40度的機艙裡，你們能想像B同學有多麼的無奈嗎？

落地飛機停穩後，A同學以飛奔的速度衝進學校的廁所，他萬萬沒想到他可是邊跑邊滴ㄚ。後來FAA（美國民用航空署）馬上派人到學校做調查，因爲他們申請了Emergency，所以FAA必須介入調查。A同學被抽了血，又塡了一堆調查單，然後FAA還問他中午吃了什麼？要拿食物樣本做檢驗，哈哈！

單飛前

1800-I-M-SO-WET

接下來的故事，被我緊緊地深鎖在大腦的記憶資料庫裡，本來這輩子都不打算公開了。不過既然美國都要公布外星人資料了，我也來響應一下，就當作「X檔案」爲大家解密了。

用了一輩子的家用電話，相信到現在還是有很多朋友搞不清楚，爲什麼家用電話機的撥號鍵上除了數字外，總是印有英文字母A－Z的符號咧？手機當然不說啦，按鍵上的英文不就是用來打簡訊用的。這問題也一直困擾著大佬我，一直到了美國學飛行後，才知道原來這是給美國人用的。

怎麼說ㄋ？美國的免付費電話是1800開頭，有點類似台灣的0800，後面接著是七位數的號碼，例如：1800–123–4567。第一次了解這個電話如何使用是因爲美國的Flight Service Station（飛航服務中心）電話是：1800–992–7433，夠難背下來吧？要叫我這種老人痴呆去背，直接把我執照吊銷會快一點。但是每趟飛行前又必須要打這支電話。爲了方便大家記憶這隻電話，這隻電話其實還有一個好記憶的名字叫做：1800–WX–BRIEF，請各位現在對照一下自己的手機，如果照著這些個英文字按下去1800–WX–BRIEF是不是就會出現：1800–992–7433。這樣講大家就清楚多了吧？

美國的廣告經常的都是這些方便大家記憶的號碼，例如賣披薩的它的電話可能就是：1800–GO–PIZZA（1800–467–4992）；或是賣車的有可能就是：1800–BEST–CAR（1800–237–8227）；又或是減肥中心電話可能是：1800–LOST–FAT（1800–567–8328）。

而當時能吸引我目光注意的廣告電話號碼卻永遠都是：1800–HOT–BODY，1800–I–M–SO–WET或是1800–EAT–PUSSY這種色情廣告。不要怪我ㄚ……當年我只是個21歲血氣方剛的青春少年兄啊！

話說這種色情廣告，其實就像台灣早期的79–979–79979（台灣小龍女），或是0940–775775這種的色情電話！打進去以國際電話的費率算錢，非常非常之貴。像我這種窮苦留學生當然是打不起的，不過多虧了美國什麼東西都可以試用，做夢都沒想到吧？美國山姆大叔連色情電話都可以試打！

How does it work？其實很簡單，但技術上怎麼辦到的我就不知道了。Anyways，每一隻市內電話號碼都可以撥他們的色情熱線，撥進去後可以拿到一個免費的試用密碼，憑這密碼就可以免費試玩電話交友一次，不過之後要是再用同一隻號碼申請的話就沒辦法了，因為系統已經記下這組電話號碼。

電話英數比對鍵盤

老美的電話交友，在當年動不動就升國旗搭帳篷的我來說，真的只是純粹好玩。反正就電話打進去了，系統自動幫你轉接到同樣也在系統裡找男人的女人囉。（又有點類似男來店女來電）

簡單介紹一下，基本上進入系統後你可以選擇要談話對象的年齡以及性別，如果系統找到合適的對象就會直接幫你們接通了。後來我發現，原來

我與美女

我這「ㄚ華」在電腦交友圈裡還滿搶手的ㄝ；我也發現系統裡幾乎都是黑人女ㄝ。不過基本上我每次都能聽到女孩子跟我說：「Oh, you are so cute.（喔，你好可愛）」不過基本上我也都能聽到老黑女跟我說：「I want to eat you.（我想把你給吃了）」老黑很喜歡吃華人少男喔！

我的生平第一次「電話交友」以及「電話XX」就這樣獻給老美了！這些年來許多學生問我英文如何學得那麼快，其實除了找老外吵架外——我都忘了說——其實還有玩電話交友，噓。

情色這種東西，就像嗑鴉片一樣，可是會上癮的，大家不要忘記清朝是怎樣被滅國的。但是明明一隻電話就只能申請一次密碼ㄚ，又沒錢玩怎麼辦勒？不打緊，辦法是人想出來的，我只好到處去串朋友門子，記得沒錯的話，我每個朋友家的電話都被我申請過一輪了吧。那，到時所有朋友電話都用完時怎麼辦ㄋ？

哈哈！山不轉路轉，路不轉人轉！這種小障礙有可能難得到我嗎？嘿嘿……我直接轉到學校去，學校的總機可是有20條線路呢！

*Miss Kim*對不起

我們學校有來自世界各國學飛行的學生，屬於大宗的應該算是台灣、日本、韓國、德國、瑞典。而德國人幾乎都是以學直升機爲主，之前提到我的德國室友「烏里」，他就是學直升機的。

記得我拿到第一張飛行的私人執照後，有天坐在學校，看到有兩個韓國新生剛到學校報到，其中一位學生叫Mr. Kim，後來我們大家都管「她」叫做Miss Kim。什麼原因我應該就不用多說了。

我這人從小到大就特別有「女」人緣，無論是跟我一起飛行後艙的空中少爺，或是在健身房洗澡時遇到的同志，朋友聚會相識的「朋友」等等，似乎都對我特別的感到興趣……這點我也很困惑，人家我可是長得很manせ！

而這位Miss Kim也不例外，我姑且就當作他第一天進學校心生畏懼，而我則是第一個跟他講話的人。就好像小動物都會視第一次睜開眼看到的動物爲親人一樣吧。從這天開始，只要我在學校遇到了Miss Kim他都會把我黏得死死的，我走到哪他就要跟到哪。

與Miss Kim（右一）及同學的合照

剛開始時，我經常會一個人開飛機出去solo cross-country（越野飛行），而Miss Kim就會跑來跟我說，反正我一個人飛行也無聊，可不可以帶他一起去，一來順便也可以跟我學習。大家都知道我一向以助人爲樂，所以就毫不猶豫的答應了。每次出去只要飛機落在別的機場，Miss Kim就會請我到餐廳吃飯，如果是到了商店，他就會買紀念品送我。剛開始我都會拒絕，但是Miss Kim總是說，如果他自己花錢租飛機絕對比這貴上十倍，聽起來也頗有道理的。幾次之後卻也順理成章的變成我倆之間的習慣了。不過說也奇怪，爲什麼每次我要solo飛行的時候，總是可以在學校被Miss Kim給堵到咧？

印象中Miss Kim非常非常的有錢，我認爲他家在韓國應該是大戶。他常常會邀請我到他住的地方去吃吃喝喝，有好幾次他一直問我要不要搬去跟他一起住。那時我壓根不會認爲Miss Kim對我是有興趣的，只是覺得他很可憐沒有朋友，沒有伴又不會講英文，所以才每天跟我混在一起。

1997年底，亞洲金融大海嘯，首當其衝的就是韓國，我到現在都還記憶猶新。那時韓國的匯率每分鐘都在變動，韓國的錢跟廢紙一樣。每隔幾天就可以看到又有韓國學生打道回府。跟Miss Kim一起來學校報到的同學，不久後也離開學校回韓國了。

終於那麼一天來臨了，Miss Kim打電話給我，要我到學校跟他碰面，那天我實在很忙，因爲學校旁邊的錄影帶店發了新的A片！Anyways，我最後還是到了學校跟他碰面，他沒說找我幹什麼，只是一直叫我晚上去他家吃晚飯。我那時眞的「有事」不願意去啊。

就在我們還在學校櫃台談話的同時，說時遲那時快，他一個箭步做了件讓我到現在午夜夢迴時都還會驚醒的事情……他，居然冷不防的從我後面飛奔過來，然後在眾目睽睽之下從背後把我熊抱住。當下我馬上轉身，使出渾身吃奶的力氣抬起大腳，狠狠的從他肚子上飛踢出去，邊踹還邊罵What the fuck！！Miss Kim！！

他這個冷不防的熊抱確實嚇著了我，而我這個即時的無影腳飛踢，大概也狠狠的嚇著了他。我這時才驚醒，反應過來，原來Miss Kim喜歡我。

這天之後我就再也沒跟他說過話，在學校遇到，也總是躲著他。不到一個星期後，我才從別人口中得知他已經打道回韓國了，那天他會這麼做的原因，是因爲他要回韓國，眞的著急了（急著跟我告白吧）。

我對Miss Kim的內疚，從那時開始一直沒有停過，即使午夜夢迴想到那熊抱跟飛踢，對他我只有深深的內疚。

2006年，我升機長，公司派我到韓國受訓。我透過了各種管道，打電話回美國學校問出了Miss Kim的全名，再透過韓國最大的尋人網站，

每趟飛行前總被Miss Kim抓包

與荷蘭籍教官合影

在上面發文找人。最後還是由大韓航空裡的一位網路怪客，把Miss Kim的電話找了出來。當天我約了Miss Kim出來吃飯，事情已經過了十年，我已經十年沒有見到他了。

他已經結婚，不過看得出來婚姻不是很幸福。他跟我說他父親逼他結婚。他目前在學校裡教書，沒有繼續完成飛行的夢想。我們當晚聊了好多好多，離開之前，他塞了一個信封給我，裡面裝有300塊美金，他說他不知道要買什麼禮物送我，所以包了美金給我。我收了100意思一下，其他的退還了給他，希望他忘了我當年的那腳飛踢……

問候我的那根中指清晰可見

我們學校西邊有個空域，叫做west practice area（西邊練習空域），所有學生只要是練習飛行科目時，都必須要到這個區域上空練習，原因是這個區域寬廣，空域下方也不是人口密集的城市，很適合初學飛行的學生們在這裡肆無忌憚的亂搞飛機，至少搞砸了自己，不會影響到別人。

Practice Area旁邊有座小山，山後是一座湖，叫做Hagg Lake，非常的漂亮，水深清澈見底，大小有如日月潭，不過乾淨多了。Hagg Lake位於波特蘭西南方25哩處，假日時很多美國人會拖著自家的遊艇來遊湖，或是來這裡游泳、釣魚、烤肉……等等。湖邊還有動力小船出租給情侶或是家庭。

Hagg Lake遊湖

我飛行時經常飛到這座Hagg Lake上空，會故意在上面晃兩圈，你們有錢玩船，老子玩飛機，怎樣！但每每看著底下遊湖的人們好熱鬧，實在很想親身體驗一下。

有天，學飛行的學生們決定開車去Hagg Lake逛逛，說也奇怪，開車過去也不過一小時的車程，怎麼這麼久了都沒人想到要過去看看？我隨即靈機一動，想到了個怪點子！我說：「不如你們大夥兒先出發，等你們到了湖邊打電話通知我。你們就先租條小船開到湖中央，我再從學校飛小飛機到湖上面找你們。這個想法夠酷吧？」

這裡學飛行的學生幾乎人手都有一隻無線電對講機，平常不飛行時可以打開無線電，在家裡聽聽航管對話，練習一下航空英文。飛行時也會帶在身上，以免哪天飛機上的無線電失效，還可以拿出自己的無線電來使用，可以說是「一兼二顧，摸蛤仔兼洗褲，有準備有保佑」。

我們兵分兩路，兩路人馬都準備好無線電，計劃是等我把飛機飛到Hagg Lake上空時，就可以用無線電跟湖上的他們聯絡，以免到時湖上遊湖的遊客太多，分辨不出誰是誰來。作戰計畫簡報完畢後，一批人先開一部車往Hagg Lake方向行進，我則是帶了一位學生在學校機坪先把飛機準備好，等他們一夥人抵達湖邊時我則立即出發。

很快的收到了先遣部隊通知，說他們已經在湖上就定位了，我隨即帶學生起飛，往Hagg Lake上空飛去。由於美國民用航空法有規定，任何民用航空器不得在距離地面500英呎以下進行低空飛行（除非是救難、救火，領有超低空飛行特殊執照的不在此例）。我與學生最多就只能以500英呎的高度在湖上跟他們打招呼。

隨著飛機高度表慢慢下降，湖中的船舶以及遊客們的臉也越來越清晰可見。很快的高度下降到了500英呎，我很順利的找到了他們租的動力小船，就大喇喇停在湖的正中央。我一邊搖擺著飛機的雙翼，像是投奔自由的烈士般，另一方面則用無線電通知湖中的他們。

等下就要被人比中指了

說也奇怪，他們在湖中的動力小船上跟我揮擺雙手，臉龐怎麼會如此清晰，彷彿都可以看到其中一人牙縫中的菜渣。

正覺得不可思議時，我與旁邊的學生你看我、我看你，四目相對了一下，知道一定有問題，但是就是不知道問題出在哪？直覺提醒我們是不是高度表壞了啊？飛機此時還是繼續繞著湖上面360度盤旋飛行，忽然看到一艘遊艇上的老美給我比了根中指，似乎是在問候我，我頓時當頭棒喝，問隔壁的學生：「Hagg Lake高度多高啊？」學生回答著：「400英呎吧？」話一講完，我們兩個人異口同聲：「哇靠！」現在我們飛行高度500英呎，減去湖的高度400英呎，那麼，我們實際距離湖面才100英呎啊！難怪剛剛那根「中指」如此清晰可見。話說完我與學生立刻捅滿油門，狂拉機頭逃離案發現場，回去後一直深怕被遊客到民航局檢舉，哈哈。

我學飛行的綽號叫做「Crazy James」，一方面是我做了很多瘋狂的事，例如我曾經在剛拿到私人執照後，就租了一台西斯納152的雙座教練機，從俄勒岡州，一路跨越兩個州飛到了加州的洛杉磯（Los Angels），來回總共飛了兩個星期，這種瘋狂的舉動到現在連學校裡的老美都不敢這麼做。還有就是類似剛剛Hagg Lake這種無厘頭的事，說實話還眞幹了不少。

被海岸防衛隊鎖定的海岸

還記得有一次，我Cross-country越野飛行到我們俄勒岡州的沿海，那是我第一次一個人飛到海岸邊，感覺很新奇。也不知道哪裡冒出來的鬼主意，心裡暗想著，「如果我就這樣往外海飛出去，不知道飛到多遠的時候可以脫離岸邊，看不到陸地？」於是乎我就這樣拼了老命的往外海飛，也不知道飛了多久，忽然感覺好像有架飛機在跟我編隊飛行，心裡還正在想是不是有伴了呢？說時遲那時快，這飛機越飛越近，猛一看是架直升機，這紅白色造型好像在很多HBO電影裡看過耶！我猛一看，機尾上刻著「U.S COAST GUARD」美國海岸防衛隊。

靠泊了啦！下意識想起我飛行教官跟我提到過，如果飛行時遇到任何危險或是狀況須需要求援，無線電要趕緊調到121.5（緊急波道）。我立即把我無線電轉到了121.5監聽，就聽到這海岸防衛隊一直跟我重複著：「你即將違法離開美國國土，聽到廣播後請立即掉頭，跟著我們的引導落地。」這段對話確實嚇到了我，當下滿腦子全都是電影《捍衛戰士》裡那些米格機被擊落的畫面，有那麼一兩分鐘海岸防衛隊的直升機脫離我視線，我一直認爲他飛到我機尾要準備鎖定我了，嚇得我眞的很想跳機逃生。我趕緊用無線電跟他們聯絡，告訴他們我是不小心迷航了，並且感激他們來帶我，這才解決了這場鬧劇。

瘋狂詹姆士來囉～帥吧

我是Crazy James（瘋狂詹姆士）

上篇故事裡曾提到過，我在美國學飛行日子裡幹了許多非常瘋狂的事蹟，因此學校給我取了個「Crazy James」的封號，這個封號流傳至今已經過了十多寒暑還歷久不衰，一直在學校裡被當傳奇故事一樣地被廣爲流傳著。所有後進的學弟們每個人都聽過我Crazy James的鼎鼎大名。

這封號當然不是浪得虛名。

我曾經晚上一個人，抓了架飛機在自己的機場練習落地，一練就是落了26個落地，飛了將近三個小時。飛到塔台的小姐要下班了還叫我自己多保重。你們能想像飛機這樣起飛、落地；起飛、落地……連續飛了26個的感覺嗎？

我也曾經機場颳著非常大的側風，雖然還在飛機的安全限度之內，但是就是沒有人敢上去飛行，只有我一個人又抓著飛機自己在機場練習起落。我想應該是我從小不服輸的個性吧！說實話，那晚的26個落地，要不是我膀胱憋尿已經憋到快爆破了，不然應該會撐到更晚！

我的瘋狂事蹟，還包括了我只花了五個月的時間，就從完全不會飛行的人，拿到了CPL商用執照（一般學生要花一年的時間），八個月的時候我已經考上飛行教官。不過眞要讓人嘖嘖稱奇的瘋狂故事，應該就屬我曾經一考完PPL私人執照後就租了台飛機，花了十天的時間一路從Portland（波特蘭）往南飛離Oregon

（俄勒岡州），再由西飛進Reno（雷洛），而後往南一路飛進北加州Fresno再飛進南加州；最後再一路由西部海岸線往北折返回學校。這對外行的讀著們來說，或許不覺得瘋狂，但是這種事情幾十年來從沒聽過有老美飛行員敢這樣做的（飛的是像裕隆速利的Cessna-152飛機喔）。

雷諾城The Biggest Little City

Reno在美國的內華達州（Nevada），一進入這個城市就會看到一個大大的霓虹城市招牌，上面寫著「The Biggest Little City in the World」，這是美國暨賭城拉斯維加斯之後，第二個賭城。Reno旁邊有個湖叫做Lake Tahoe（太浩湖），是美國非常著名的度假勝地。

Reno的地勢很高，機場大約將近4000英呎，這對只有兩人座的小飛機性能影響甚大。

一般螺旋槳小飛機的性能大概就是最高只能飛到一萬英呎左右的高度，因爲美國民航法規規定飛行超過一萬英呎就建議要戴上氧氣面罩，超過一萬兩千五百英呎就硬性規定一定要供氧。

記得那天在Reno住了一晚，投資了不少錢在Reno，隔天離開時從Reno機場起飛，一路要往南飛進加州，一起飛必須要先翻越Lake Tahoe（太浩湖），我從將近4000英呎的機場要飛越10000英呎的Lake Tahoe居然花掉了我半個多小時時間，飛機就一直在原地360度盤旋上升，因爲眞的性能太差了！

好不容易我將這台將近30歲的老飛機硬是拉升到一萬兩千英呎的高度翻越了Lake Tahoe，這是我學飛行生涯中第一次飛的這麼高過。後來我心想飛的高看得遠，難得爬上來這個高度要我下降就眞的太可惜了，索性一路乾脆就保持一萬兩千英呎的高度一路飛進北加州吧！（Cessna152的升限最高10500英呎）

飛著飛著，不知不覺有點愛睏，竟然就邊飛邊神遊周公去了，直到飛機沒人管的開始往下俯衝，我耳朵疼痛把我痛醒，我才又再度把飛機拉回原來高度；之後又開始迷迷糊糊睡起覺了，飛機開始往下俯衝，耳朵疼痛又再度把我痛醒……就這樣來來回回，睡睡醒醒的，直到四個小時後快飛進北加州，我下降高度後，整個人才又精神了起來。

後來回想起來這一路是怎麼飛過來？我都不記得的せ？？眞是驚險萬分吶！

搞了半天，這一路昏睡，原來是飛得太高，得了高空缺氧症。哈哈，現在還有這小小命在這講故事給你們聽眞是祖上積德，阿彌陀佛哩！

一萬兩千呎缺氧狀況下飛越太浩湖（叔叔有練過，勿模仿）

Chapter 2

台灣篇

福爾摩沙我寶島

Taiwan

我在台灣第一站

1998年的台灣是航空業的戰國時代，共計有十家定翼機的航空公司。分別爲華航、長榮、華信、立榮、國華、大華、遠東、復興、瑞聯、台灣航空等十家航空公司。同年國內發生了數起重大的墜機事故，包含華航大園空難、國華航空新竹外海空難等。民航局決定整合資源並且鼓勵企業合併，大華和台灣航空在1998年被收購，並且和立榮航空合併；國華航空也因爲意外頻傳在1998年被華信航空合併；至於瑞聯航空因爲公司航務、機務、財務等問題被民航局於2001年收回執照停止營運。之後台灣的天空就只剩下中華航空、華信航空、遠東航空、長榮航空、立榮航空、復興航空。

話說當年航空公司雖多，有招收像我這種在國外拿到CPL（商用飛行執照）的航空公司卻寥寥無幾。那時候軍方退伍的飛行員還是市場的王道。不像現在華航及長榮，每個月都會安排固定日期，爲這些國外回來的CPL飛行員舉辦招生考試。當年除了長榮有固定招生CPL飛行員外，其他各家航空公司就是要看運氣跟靠關係了。我回台灣後曾經報考過兩家航空公司，分別爲長榮及立榮。長榮不知道是什麼原因沒過，但立榮航空我可是過關斬將，一路從筆試、面試，到了最後一關要飛模擬機時，公司毫無預警的打電話通知我，說因爲我太年輕，而把我拒於門外。

由於我在美國是領有CFI（飛行教練）執照，當我在苦等各家航空公司招生的期間，我開始在各大坊間的飛行教育機構（補習班）教書。1998年底某一天晚上，曾一起在美國學飛行的同學突然打電話跟我說：「James今天是國華航空招生的最後一天耶……」我一聽，心想「完了！這麼重大的消息怎麼我都不知道？」我們兩個人討論過後，決定隔天死皮賴臉的去國華航空，跪爺爺求奶奶，也要讓他們給我一個機會考試。

隔天一早我與朋友兩人西裝筆挺到了國華航空，沒想到卻撲了個空，能做主的航務處長有任務出去飛行了。我與朋友兩個人就這樣在國華航空航務處的門口苦等。一直到下午五點半所有員工都下班後，航務處長才終於回來了。我與朋友跟處長說明來意後，他很願意給我們一個考試的機會。事後我很幸運的考上了國華航空，我朋友則慘遭滑鐵盧。

附帶一提，當年國華航空處長名叫賓立亞，是中華航空培訓第一期的學員，同時也是第一期的學員長。他原是華航的FE（飛航機械師），華航招生第一梯培訓機師後，他則轉換跑道轉任機師。賓立亞是我這輩子在飛行上面最敬佩的飛行員，同時也是我現在最要好也最敬重的老長官。

國華航空被華信航空合併，離開華信航空前，公司所有的五種機種都被我飛過了

隔年四月我順利於國華航空公司報到，我人生另一個慘不忍睹的痛苦階段，就此展開。

Gear up, Flap up, and Shut up
收輪、收襟翼，然後閉嘴

進入國華航空公司報到後，認識了早我們一梯報到的五位學長，他們是民航局委託台灣大學工學院及慶齡工業研究中心辦理的首期機師培訓，簡稱台大航訓班。奇怪的是，他們已經進公司一年了，直到我進公司報到時他們才剛完訓。學長跟我說，他們去年此時就已經報到了，只是沒想到才剛進公司就發生了新竹外海的空難事件，他們還因此失去了一位同學。學長嘆口氣說：「進公司後飛機還沒飛到，反倒是先學會開船了。」那時候因為是公司新人，加上機隊被民航局停飛，所以每天都必須要出海去打撈飛機殘骸。這些話眞是嚇到了剛進公司、還是新人的我。

我在國華航空的日子可說是慘不忍賭，曾經夢想的職業，在進了國華航空後一切都改觀了。

還記得那時每天上班前只要看到制服，我整個人就會開始害怕，不願意上班。因爲我知道等等進公司後，從我報到開始就會被軍方的教官一路海K到下飛機。

舉例說明，當時老的教官爲了顯示他們的威風，最喜歡做的事情就是在休息室當著所有空服員的面要我立正站好，五指靠攏貼緊褲縫，然後把我罵個狗血淋頭。我也曾經飛機才一起飛，就在空中被總機師的飛機聽到，總機師直接在無線電裡叫我等一下落地後在機坪罰站等他落地。

十多年前台灣的航空圈是沒有SOP（標準作業程序）可言的，副駕駛上飛機後只有三個UP，「Gear up, Flap up, and shut the fuck up.（收輪、收襟翼，然後閉嘴）」由此可知當時的副駕駛是多麼的沒尊嚴，難怪飛安會出許多問題。

我曾經在飛機上因爲機長跟我講的東西跟書上寫的不一樣，我當場翻書求證，結果整本書被機長搶了過去，直接往我頭上丟過來。當年的機長就是老大，我也曾被機長趕下飛機過。有些軍方的機長就是不信任我們國外回來的機師，上飛機後連飛機的駕駛桿都不會讓我們碰。不過這些種種痛苦的事，就在國華航空被華信航空合併後就全部撥雲見日了。

跟華信航空公司合併後，公司引進了五架波音737-800型客機，那時候公司規定，要轉機種到737-800機隊的飛行員，英文多益成績必須要在650分以上。這個規定對我們這群國外回來的機師而言是輕而易舉的，但對軍方退下來的老機長可是難上加難了。也正因爲如此，華信航空當時的737-800機隊全都是國外回來的年輕人，不然就是國外請回來的外籍機長。整個機隊的風氣非常開放，在駕駛艙裡一切都按照SOP操作，有任何疑問大家鼓勵翻書。再加上當年的737-800機隊全部都運行國際線，一趟打來回的飛行大概需要八小時左右，我們一個月大概只需要飛八天班，日子過的輕鬆至極。你能想像一個月飛8天休22天的生活嗎？這樣的好日子我過了好幾年，就在我30歲升機長那年，好日子正式宣告結束，當時我是全台灣最年輕的機長。

30歲就當上機長，並不像大家想像的輕鬆。不過一直到現在我都秉持著一個信念跟原則——我從前當副駕駛時吃過的苦受過的委屈，我發誓不會讓跟我一起飛行的副駕駛承受。例如，上班報到時不知道哪門子規定，世界各國都一樣，副駕駛就該比機長先到嗎？然後必須像個跟屁蟲一樣跟在機長旁邊做任何事情。跟我飛的副駕駛，一到公司報到完，我就會請他們自由活動，不用跟在我身旁，時間到了自己上車或是上飛機。

一樣米養百樣人，很多人換了位置就換了顆腦袋。我看過許多副駕駛，在當副駕駛時乖乖的，一升機長後個性大變開始K副駕駛，也不想想當年自己怎麼過來的。

剛升機長時，我很少會遇到比我年紀輕的副駕駛，幾乎都是比我年長的。我最大的挑戰就是跟那些曾經是機長，現在被降級成副駕駛的老機師飛。剛任機長時，大家都在試探我的能力跟底線，自己飛行技術不長進，是不會被人看得起的。我遇過這種老副駕駛在跟我飛行時，飛機都還在地面滑行尚未起飛，報紙就直接拿起來翻了！就連我先前我提到過，當年我剛進公司時在駕駛艙用書丟我腦袋，以及把我趕下飛機的那一位機長，在我當機長之後被降級成副駕駛，還曾經跟我一起飛行。所有人都說我報仇的時候到了，可是我對待他的態度比對待一般副駕駛還要謙卑，帶人要帶心，要贏得人尊敬不是靠官階跟威嚴的。

在華信十年的歲月不算短，有甘有苦，有歡笑有眼淚。這裡就不詳談，有機會的話，我會另外出本書專題描述我在台灣飛行的十年歲月。如果硬要問我在華信十年的飛行歲月裡，有什麼很特別的回憶嗎？我大概會說，有一次我飛仰光（緬甸首都），飛機停在地面時，我到飛機後面的洗手間上大號，因爲飛機地停時非常的熱，在廁所裡我把衣服整個撩起來，面目猙獰很努力在處

駕駛艙內的工作照

理著人生大事，沒想到突然間空服員自己把廁所的門鎖給解鎖，把門直接打開。我赤裸裸的與她四目交對，她傻了、我愣了，我趕緊說：「上廁所不敲門就算了還給我解鎖，快關起來！」門關上後，那空服妹妹還一直在門外問我：「機長，我是要收耳機的，你有沒有看到一整袋的耳機啊？（空服員在落地前會收回所有客人耳機，如果沒地方放通常會塞進廁所裡）」我尷尬的回答：「妳剛剛看廁所裡還有什麼空間可以放得下整麻袋耳機嗎？」這件事一直影響我至今，到現在我在飛機上上洗手間我都還會有陰影，深怕又有空服員會來開我的門，哈哈。

Chapter3

印度篇

在印度嗑咖哩的香辣日子

India

回首我在印度嗑咖哩的日子（上）

認識我的朋友都知道我有小人痴呆症。

我的記憶體容量大概只有三分鐘，任何超過三分鐘以上的事情就要看我記得不記得囉。

在飛機上我的副駕駛常常就笑我，航管告訴了我高度，我就忘了速度，記起了高度速度，我又忘了航向，記起了高度速度航向，我又忘了自己的call sign（航班號），想起了自己的call sign（航班號）高度速度航向，卻忘了自己在哪裡。哈哈哈！還敢搭我飛機嗎？

離開印度也好一陣子了，現在努力試圖把吃咖哩那段悲慘記憶喚起，但是好像能夠喚回的不多，只好在目前有限的回憶下，能寫多少算多少了。

咖哩大雜燴

連我自己都覺得自己有病！台菜吃得好好的，卻改去吃咖哩，現在又要改吃沙威瑪。我是個貴州人，全家吃得爆辣，唯獨我一輩子都不敢吃辣。但是到印度一個月後，我卻可以跟印度副駕駛比看誰吃的辣。

剛到印度新公司報到的時候，公司的外籍機長們居然私下打賭看我能撐多久？大部分賭盤預期認爲我不會撐超過一個月，因爲這裡的外籍機師耗損率非常高，只有三位機長待超過一年，平均壽命三個月，有更長的，當然也有更短的。向來不服輸的我於是告訴其中一個賭我不會待超過一個月的機長說：「I am a cockroach.（我是小強）。」他居然回我：「You eat shit?（你吃屎嗎）」

其實我是要跟他說，我就跟打不死的小強一樣，能夠在最惡劣的環境下生存。

一個月後，有一天下班，我在他家大門口貼了一張A4的紙，上面畫一隻蟑螂，紙上面寫著「cockroach right next to your door！（蟑螂就住你家隔壁）」哈哈，因爲我就住在他家隔壁，事實上印度我待了將近一年。

這個機長名字叫做Alfredo Jason，是個巴西人，他是全公司最資深的機長，巴西EMBRAER飛機的原廠試飛員，來這裡交機，就被重金禮聘待下來。不過後來他也在我之前就先離開了咖哩國。

我就住在他隔壁，他跟我說我現在住的這間房子被下了詛咒，因爲先前這間房子住過四個機長，每位都待不到三個月就蹺頭了。我搬家進來那天，還看到前位機長半夜匆忙落荒而逃來不及帶走、晾在陽台的四角褲跟襪子。一個月後我找到了新公寓後就先搬走了。

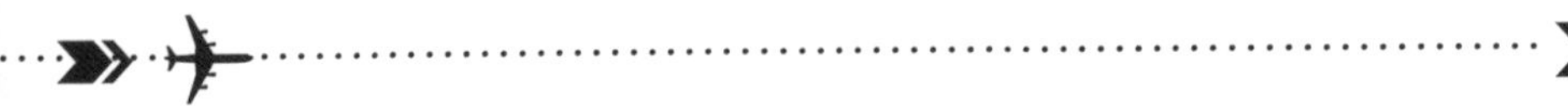

註：大部分離開的機師都是半夜蹺頭連夜逃離印度，不然就是休假後直接不回來上班了（我是屬於前者）。

嗯……印度，這個奇妙的國家該從哪裡講起呢？

就從我們到訪後第一個會踏入的地方——機場——講起好了。我住的地方叫欽奈（Chennai），土地面積比台灣大，是南印度的大城。這裡是個被印度政府放棄的地方，這裡不講印度話，不講英文，只講方言，這裡的學校都只教方言不教印度話。所以連我那些個北印度來的副駕駛，都無法跟這裡的人溝通，很慘烈吧！

沒來之前以爲印度是講英文的國家，然而欽奈這裡沒人會說英文，更好笑的是，我明明講的是英文，阿三居然可以問我「speak English OK?（講英文）」媽的！好歹我也是在美國念過書的，英文沒差到這種地步吧？再者，打開電視看到印度CNN，明明知道他們是在講英文，卻只能聽懂五成。

欽奈，從你一下飛機開始，全身的皮都要開始繃緊。在正常情況下你應該是會想要立刻衝到航廈另一頭登機處，跳上下一班飛機回家。

如果你撐過了這個moment（時刻），下一步到行李轉盤時，會有阿三替你提行李，千萬不要以爲是機場的工作人員喔，and they just show up no where。幫你拿完行李後會跟你要錢的。

一出了機場我眞的只能用「震撼」兩個字形容，相信到過印度的前輩一定感到非常的窩心，這樣形容實在太貼切了。如果

印度的窮困人家還住著草屋

您是凌晨早班的飛機，出機場大廳你會先感受到一股又濕又黏的薰風襲來，濕氣之重就好比進蒸氣室一樣，只不過味道是臭的。空氣中還夾雜著不知是雨林氣候特有的酸土味，還是牛糞味，混雜著垃圾果皮的腐爛味，整個會讓你非常後悔自己沒有自備氧氣罩。接下來你會看見航站裡裡外外萬頭鑽動，摩肩擦踵前仆後繼地湧上來，像跨年的演唱會一樣。

由於印度的機場會在車道的另一頭設一道很高的鐵柵欄，這些人潮就像是被捕獲後不斷想從魚網空繫中鑽出來的秋刀魚。在你步出機場的同時，就看到路邊睡了一堆的街友動也不動（反正你也分不清楚是死屍還是街友），警察也不會管。但請放心，你會習慣的，因爲等一下上路後滿街都是屍橫遍野。

出機場後接著而來的就是一天24小時不間斷的喇叭聲，在這裡卡車司機肯定下了很多功夫在喇叭上，常常一按就是一首20秒的歌。如果你以爲半夜就會安靜，那你就大錯特錯了，半夜他們才按得更瘋狂、更有旋律。

印度的交通可怕至極，嘟嘟車——一種明明是摩托車卻搭上車棚裝上坐墊裝成像小型麵包車一樣的交通工具——滿街都是，大卡車也滿街跑。人、牛、狗、羊與車爭路，車與車常常幾乎是貼在一起開的，印度的駕駛功夫肯定了得，連我這個20歲時曾在台北開過小黃的人，都不敢在印度開車。不過話又說回來了，交通之亂，卻鮮少看到有車禍，跟之後我在的阿拉伯完全不一樣（所以大家說阿拉伯人不會開車，只會騎駱駝）。

在印度，人被撞死了躺在路邊，沒有人會理你，這是眞的。但是要是牛被撞倒了躺在路中間。就會有很多熱心的阿三開始很緊張的指揮交通，還去幫牛看傷勢。這裡的大馬路上常常都是成群結隊的牛，所有的車子都要禮讓他們，看久了也一點都不奇怪。

註：印度的車子可以沒有照後鏡，但是絕對不能沒有喇叭。

在大馬路上常常可以看到大人或是小孩褲子直接脫了，也不管旁邊是否車水馬龍，直接在路邊就「棒起賽」來。不要懷疑，是眞的！如果你想說德里或孟買會不會好一點？答案是：「不會。」我到孟買，出機場第一個畫面就是一個年輕人蹲在路邊大便，在路邊撩起沙龍就對著牆壁尿尿的印度男人一大堆。

印度的街景

剛搬到公寓的時候，每天晚上除了不間斷擾人的喇叭旋律，又突然出現了一種類似動物的尖銳叫聲，非常尖銳，一叫叫整晚，讓我一直以爲是某種只生長在印度的怪品種動物。直到有一天我飛機延誤，半夜兩點才回家，看到社區的警衛在吹哨子，而這哨子聲，就是每晚吵到我睡不著覺動物的怪叫聲。我一氣之下跑去理論，當然又是一番比手畫腳。原來在印度竊盜頻繁，警衛都要一直吹哨子，告訴小偷「我這裡有警衛喔」，沒有在偷懶摸魚呦。眞是笨！我要是小偷，就知道警衛在哪裡啦！

這裡人不喜歡穿鞋子，所以腳永遠是髒的，但是到人家家裡去，也直接給他走進去。要他穿鞋他還會笑你。唉，沒辦法，這是教育問題。這裡每個阿三到我家裡第一件事永遠都是要水喝，而且會做手勢打開虎口張開大拇指跟食指比C的形狀上下搖晃，

印度的街景

欽奈的女人都穿沙龍

這樣表示要水喝。這是每一個阿三的共同語言。請問這是什麼意思？杯子嗎？這點我到現在還搞不懂爲什麼。

印度就像全球很多觀光景點之一，沒去過，遺憾終身；去過了，終身遺憾。

你們難道都沒看到印度的遊覽車體外有秀出大大的「Incredible India！（不可思議印度）」字尾打的是大大的驚嘆號，眞是名符其實啊。我只能說印度是個會讓你讚嘆、讓你感嘆，也會讓你驚嘆連連得……不知道該怎麼用言語形容才好的國家。

回首我在印度嗑咖哩的日子（中）

街邊滿是垃圾

在印度這個奇異的咖哩國度生活也將近一年的時間了，我深深覺得印度人眞的是不可思議的人種，看他們每天的「食、衣、住、行」，我都不禁問自己，「這到底是怎麼樣的生活？」噢，這豈能叫生活，應該說他們到底是怎麼「存活」下來的，比較貼切些。

就從「行」開始說起吧！在印度的馬路上，路邊堆肥垃圾山比豬牛羊狗多；在路上閒晃的豬牛羊狗又比滿街的嘟嘟車多；滿街的嘟嘟車又比橫衝直撞的柴油大卡車多；柴油大卡車又比路上擠爆人而傾斜45度角，還持續接客的公車多。

可以想像這樣的場景嗎？不要懷疑，印度欽奈就是這個樣子。講到公車，我個人是不敢嘗試的。這裡的公車只要你上得去，上去了之後你就再也用不到腳站著了，因爲公車上四周的人已經把你團團圍住，左右前後、四面八方，身體自然而然被架了起來，跟著車上的人潮隨波擺盪，更不用說在38度高溫沒有冷氣空調下，印度人全身發出無法用我筆墨形容出的噁爛臭味。不要懷疑，這是眞的！但這樣的公車你敢搭嗎？

更誇張的是，明明整台公車已經塞到連蒼蠅都飛不進去了，搭車的人還要耍特技，硬抓著公車車身側邊的窗戶，從外面掛在車外，腳連踩的地方都沒有，甚至造成車子整個傾斜45度角，還是照常開在路上，很猛！

講到「食」，聽說印度人用右手吃飯，左手擦屁股——相信大家對這句話都不陌生——有沒有眞的分左右手？因爲沒親眼見過他們上廁所，所以不確定，但是用手吃飯也是印度人的特技之一。

家喻戶曉的印度咖哩，其實只是通稱。應該說他們每一道菜都會做成糊狀，然後配餅吃。如果是飯，一定會再澆上稠稠的優格。總之，目的是要把食物變成濃稠的半固體，因爲這樣就可以用手抓著吃，所以在這裡餐具是沒有意義的。

我一開始眞的很不習慣，以爲只是比較沒有水準教養的阿伯阿桑才這樣吃，直到有一天跟我們公司的印度美女空姐Priyanka共餐，看到她用那擦了酒紅色指甲油的纖纖玉手在那道chicken by-riani（印度香料飯）上攪和著，若無其事的把飯捻起送進嘴裡，像在捏黏土一樣，我才知道原來這對他們來講就像是國民禮儀一樣，再正常不過了。這樣的舉動看在我這個有嚴重潔癖的人眼裡，眞的是倒盡胃口，不敢領教！

飯可以不吃，水總不能不喝。相信到過印度的朋友對印度的水一點也不陌生。空服員的朋友如果飛到這裡，下飛機前一定要把礦泉水狠狠塞爆了行李箱才甘心下飛機。如果你是參加旅行團，導遊一定會跟你千叮嚀萬交待，早上刷牙一定要用礦泉水。

這是我在印度賴以維生的泡麵

沒有錯！這裡就是這樣。

印度除了下等的奴隸，其他人連他們自己都不敢喝他們國家的水。我待在印度將近一年的歲月裡，沒有碰過任何非罐裝的水。有同事喝了印度當地的啤酒（King Fisher），隔天立刻住院一個星期，我個人認爲是因爲印度的酒也用來自印度恆河的水釀製而成。另外我有同事喝了易開罐的飲料，也是住院一個星期，因爲開罐前沒有把罐頭擦乾淨。

在這裡，沒有所謂的「拉拉小肚子」，「剉個小青屎」，一中獎，至少就是住院一星期，而且是陷在「求生不得，求死不能」的痛苦中，我就曾親眼看到同事滾在地上跟蛇一樣的爬行。

因爲這裡的水都是地下水，是有病毒的，不是印度當地人的體內沒有這種抗體。經中過標住過院的同事們轉訴，只要中過一次標，便可以喝喝小水，住院累積滿兩次以後，就可以上街肆無忌憚的吃路邊攤了。

我平常出去吃飯時都非常小心，舉凡是飯店服務生拿水，只要我不在現場，或是沒聽到開罐的聲音，一律要求退貨。我曾經跟表弟招待過來這裡開會的台商，他們都很不可思議的問我：「這樣會不會太超過了啊？」我則淡淡的回答他們：「這就是我的生存之道啊。」這也是爲何我到印度那麼久沒出過事的原因。

話說我同事有天打電話給我，問我有沒有注意過家裡水龍頭流出來的水？我說：「沒有耶，怎麼囉？」他跟我說他的水裡有紅紅的蟲。隔天他還把水裝在杯子裡，把標本帶到公司給我們驗證，大家一致認爲這就是台灣消跡很久的鉤蟲，可怕吧！

你有沒有注意過阿三幾乎是禿頭，連女阿三都一樣，這也是因爲水質的關係。好險我已經離開那裏了，不然要不了多久我也要變禿頭阿三了。

講到禿頭，就來談談他們的時尚審美觀念好了。

阿三就像典型搞笑喜劇裡面，明明頭禿到只剩幾根毛，還是死命要梳，一定要SEDO（設計）。別以爲阿三都髒髒的（事實上也是），他們可是非常注重自己儀表的，只要是男士一律是安全帽頭，瀏海一律要梳成三七頭或九一。譬如搭飛機，下飛機前就會見到他們從上衣口袋掏出梳子，直接就開始大喇喇的梳起頭來，然後一定要抹上厚厚濃濃的髮油。對他們來說是「天然ㄟ尙好」的椰子油，卻能讓他們個個散發一股相當獨特噁心的阿三臭油味。

衣服，他們是走阿哥哥風。格子衫是標準配備，窄管喇叭褲最夯；手錶當然要金的才夠力，最後一定要再提一「咖」像是黑道影片裡要去做毒品交易的硬殼公事包——或者你可以說是007包——而且是幾乎是人手一「咖」，標準配備。

有一天我實在按捺不住心裡的好奇，問他們爲什麼他們一定要提這種看起來很重、很不實用，而且看起來非常old fashion（復古）的公事包？他們一邊搖搖頭一邊回答：「因爲這樣感覺比較安全，而且看起來才像是做大買賣的business man（生意人）啊！」

住在這裡，還有一件非常痛苦的事，就是每天一定要停電，運氣好就是小停一兩小時——停氣氛的——運氣不好就是停個四五小時，所以高級的大廈都會有備用發電機。

不過就我觀察，大部分印度居民都習以爲常，在黑暗裡也做生意、吃飯，我可以想像這個國家應該還有很多人是活在沒有電的世界裡吧。

再來講到教育，印度人對他們的國民教育及民族性格、價值觀的塑造是非常消極的。印度是世界上少數還存在有奴隸制度的國家。印度人就是賤、懶惰。跟印度人打交道，就是要吼他、罵他！印度人不罵不做事，不吼他、講話不夠大聲，他就不會怕你。說穿了就是欠嗆。

印度人的懶惰，舉例來說：滿街的嘟嘟車，天氣熱時司機寧願躲在樹下睡覺也不願意接客。因爲他認爲自己怎麼賺也就是這個樣子了。這就是印度的民族性，想要有發展是很難的（大陸某些地區也很貧窮，但是可以看到大家都努力的想要賺錢）。

在印度這個國家，什麼事都可以用錢來解決，下到警察，上到政府機關。在印度每個外籍機師都要考印度的執照，好險只是筆試，像沙烏地阿拉伯就是又臭又長半年的訓練。

剛進公司時，公司告訴我去印度民航局考筆試。我問說：「那教材呢？總要有教材以及參考書吧？讓我準備準備吧？」公司說：「不用啦！Captain James，考試很簡單的，你閉著眼睛考也一定會過的啦！」我一時也很困惑，於是就問了比我早來的機長前輩們，他們異口同聲的說：「放心，等你去考試那天，公司會派一個人跟著你去民航局（去塞錢的）。」

終於到了考試那天，我一個人到機場搭飛機去「德里」（印度首都）印度民航局，在機場怎麼就是找不到公司說要派來的那個人。說也眞倒楣，原來公司忘記我要來考試了，所以忘了派人來塞錢，沒錢沒保庇，我也因此考試沒有通過，超糗！

在我看來，印度這個國家是不可能強大起來的，因爲這就是他們的民族性。每每當有人跟我提到印度是金磚四國時，我都會回答說：「印度這國家一輩子都不會發達的。」請記下我講的話，日後看看我說得準嗎？

印度的嘟嘟車

回首我在印度嗑咖哩的日子（下）

如果說沙烏地阿拉伯是去掉賭場的拉斯維加斯，那印度欽奈就是蓋在垃圾掩埋場裡的城市。

從一出機場開始，就是一整個惡臭，一般來說大概需要三天的時間，嗅覺才會對如此噁心的惡臭痲痺。第四天開始就可以大方的走在路上，對於一般小臭不為所動，但是偶而遇到怪獸級的惡臭，還是無法接受的。

垃圾惡臭無所不在

講到垃圾掩埋場裡什麼最多？當然是蚊子蒼蠅最多。大佬我行走江湖多年，遊歷世界多國，印度是我見過蚊子最多的國家。所以印度是日本腦炎以及瘧疾的疫區。印度的蚊子眞的是多到無孔不入，無刻不在的境界。好笑的是，印度的蚊子居然不叮印度人，可能是阿三的血臭到連蚊子都不敢去吸。我在印度的日子裡，每每只要上公司的交通車，裡面的蚊子就多到讓我想要閉氣，因為很怕吸入的蚊子比例比氧氣還多。可是阿三卻可以怡然自得，無視蚊子存在。

印度人的觀念很奇怪，我在飛行的時候，只要是飛機地停清理客艙的時候，空服員就會拿著DDT開始對著客艙亂噴，感覺好像不要錢似的。聽清楚喔！是「DDT」，不是殺蟲劑喔！這東西好像世界很多國家都已經禁用了。

另外一個奇怪的地方是，一般都是清理完客艙才會開始辦理登機程序，而這裡是一邊清理客艙，另一邊已經開始登機。所以又有非常好笑的畫面產生：清艙的臭阿三一邊拿著吸塵器吸地板，一邊要忙著閃著客人。而空服員則是一邊招呼客人登機，一邊忙著噴DDT。然而印度的客人卻一點都不會覺得奇怪，DDT都直接噴在他們面前了耶（由此可以知道他們的觀念有多差）。

一般來說我飛夜航時，落地下完客人之後一定會把駕駛艙的門關得緊緊的，不讓蚊子進來。有那麼幾次駕駛艙裡面的蚊子實在多到讓我受不了，空服員看到竟然直接拿著DDT就對著駕駛艙裡面噴進來！我的老天爺啊！我怎樣都無法理解耶！

飛機駕駛艙的中控台，一般來說，旁邊或是後面地方會有空間讓公司可以放「check list」（檢查表）。在印度時，我們中控台放檢查表的地方，居然是放「電蚊拍」，眞的是有夠爆笑的。

我的駕駛艙會出現的昆蟲當然不僅僅是蚊子而已，有時有小蜻蜓、有時有跳蚤、有時有小隻的飛娥。有一次夜航，飛機才剛離開跑道，說時遲那時快，不知道什麼怪東西從儀表板飛出來，嚇得我跟副駕駛兩個人在駕駛艙裡頭尖叫！用吼的喔（跟被雞姦沒兩樣），因爲眞的太恐怖了！嚇到我們連起落架都忘了收，無線電都忘了回應，只見到我們兩個人的手一直在臉上拍來拍去，到現在我都還記憶猶新，眞是可怕到了極點。

再來講講印度人的觀念有多差，一般搭飛機，上飛機後空服員都會發熱毛巾，可以給客人擦擦手，有些人會拿來擦臉，至少我以前會。自從我看過死阿三拿著這熱毛巾來擦腳趾頭縫後，我就再也不敢用這些毛巾了。記得喔，別以爲這些毛巾是用過就丟的，當然不是，地勤會回收消毒後再使用（很多人都不知道，看你以後敢不敢用）。

我在印度飛行的日子裡，飛機上廁所的地板永遠是黏的，走進去還會「滋滋滋滋」的發出聲音，難道這些阿三是不會瞄準嗎？嚴重的時候，地板會積水（積尿）。隨著飛機搖搖擺擺，地板上的薄水也會左邊晃過來右邊晃過去的。阿三還有一個壞習慣，他們不知道有一種東西叫做垃圾桶，或是不知道垃圾桶長怎樣，什麼東西都往地上丟，所以地上的一角就會有一堆小衛生紙山。郎客啊，千萬不要以爲我是在說笑喔，我要是騙你們，罰我一輩子待在印度！

有一次，有個客人跟空服員說他要上廁所，我們的空服員跟他說廁所在後面，沒想到他老兄跑去飛機後面拉屎在地板上。此事證明印度還是有很多人沒用過廁所吧！

再說說印度人什麼最厚？臉皮最厚！可怕的印度人眞的是打不跑、罵不走。印度人永遠不會懂得排隊，就算有隊排，排在你後面的阿三一定會緊緊的黏著你的背。說實話我也不知道是什麼原因，但是很多落後國家的人民都是這樣。

我再來舉個例子：有一晚我休假要搭飛機回台灣，大家在機場排了很久的隊伍，有個阿三帶著小孩插隊，看到的人當然就是開始罵，我也直接就開罵，這死阿三他也不管喔，就站在那裡讓大家罵，反正隊伍一直在前進，總會遇到個不罵他的人，這時他就可以插隊進去了，你能夠相信嗎？這眞是厚臉皮之極致啊！我要是有這臉皮一半厚，把妹功力必然如吃冰山雪蓮子一樣瞬間大增。

再來多講些印度人的不要臉，路上警察會來跟你索錢，乞丐跟您討錢，這些就不討論了。有時你坐在車子裡面，停個紅燈而已，就會有阿三冷不防的衝出來，一直拍打你的車窗跟你討錢，你不理他，甚至罵他，他就是不走，還一直給你敲車窗。夠不要臉吧？我有朋友不理他們，後來車子直接被刮。

路上我還看到過斷腳的人趴在路上行乞，後來我才又發現，這些人根本就不是殘廢，腳也沒斷，他們就像是我們國劇裡扮演武大郎的，跪著把腳收在衣服裡。這樣也要出來行騙，眞是服了他們的創意。

印度人的不要臉，每個都怪，卻怎樣都不奇怪。

在paramount airways櫃檯前留影

千呼萬喚始出來的～印度教戰守則（必讀）

首先，印度的掮客非常多，多到很想幫他們申請金氏世界紀錄。但是手法大部分都差不多，感覺好像是同一個學校教出來的。我個人認爲整個印度就是一個騙術學校，想要學習偷拐搶騙的，到一趟印度保證你滿載而歸！但是要繳的學費應該是所費不貲。這裡我列出以下在印度生存必備的十大守則：

守則一：上街搭車身上一定要有零錢

在坐上嘟嘟車之前一定要先跟司機講好價錢，可以的話最好寫在紙上。如果身上沒零錢，上車之前也要問清楚司機有沒有零錢找，如果司機有零錢還要叫司機拿出來給你確認。一定要確認司機有零錢可以找開，不然司機到了目的地說他沒零錢，最後沒辦法只能拿整鈔給他。切記！找零錢的時候一定不能先給阿三錢，要確定拿到零錢後才能再給司機錢，不然司機可能拿了錢就跑。再者，一定要人先下車，等下了車以後才能給錢，不然車資談不攏，阿三會直接把車開走不讓你下車。這樣的情形在我剛到印度時經常發生。

註：印度AUTO司機很奇怪，同樣距離如果是當地人可能只要10元或不用錢，外地人卻可能要花100元，若殺價個5元，他們寧願不載也不願意賺。載一個外國人要載好幾趟當地人才賺得回來，可見阿三的邏輯有多奇怪（阿三笨腦袋不會轉）。

印度的街邊市集

守則二：千萬不要讓當地人搭便車

當你一個人坐在嘟嘟車上的時候，路邊經常會有阿三招手想搭便車，司機就會停下車來沿路接順風的載。這個還算小事。如果你是要包車租司機，阿三會找一堆藉口，然後帶個陌生人上車說是他朋友，從這時候起，你的麻煩就要開始了，這兩人不是到處給你停在路邊買東西，不然就是亂繞路，到最後兩個人甚至合夥想鬼主意要騙你錢。這種狀況我自己屢試不爽，反正就是切記，只要有第三者就是拒搭。

守則三：沒有任何東西是免費的

無論在任何場合，例如在機場，千千萬萬不要讓阿三幫你提行李，幫你拿了就會跟你索小費了。在商店買完東西，一定會有阿三幫你打包提東西，最後就是開口要錢。在觀光景點，會有身上掛識別證、類似導遊的阿三，要帶著你解釋導覽，千萬不要讓他跟，因爲一解釋完，又會是無情的獅子大開口索錢。永遠記住，在印度是沒有「免費」的，或是我們以爲「服務」的這種事情存在。

守則四：在任何情況下千萬不要讓自己的相機架設自拍點

一個人旅行時，千萬不要想要自己架設自拍點拍照。因爲可能在你一轉身準備擺POSE時，相機已經像變魔術一樣憑空消失了。若非不得已必須架設自拍點自拍，請確保距離相機以一個箭步可以奪回的距離爲最佳。

守則五：很多東西都是限時限量的，請把握當下

在能買東西的地方一定要買，因爲你不知道下個商店什麼時候會出現。看見有廁所的地方一定要上廁所，不管急不急，因爲永遠不知道下一個馬桶何時會出現。

守則六：遇到可疑的阿三一定要躲

外表看起來老實的阿三一點都不老實，千萬不可把相機交給他們，請他幫你拍照，因爲這樣做就等於肉包子打狗，有去無回。

守則七：遇到警察要幫忙時請加速逃跑

在印度，警察比壞阿三更可怕，是有牌的流氓，本人曾吃過黑心警察的虧。有天我還是穿著制服坐在公司的交通車裡，只因警察幫我的車指揮了一下交通，就被警察攔下來要過路費。

守則八：在印度沒有門牌

印度大部分地區都沒有門牌地址。當地人習慣以地標、橋樑、寺廟、市集作爲辨識。不要試著找門牌，因爲沒有。

守則九：小心病從口入

路邊攤就不用說了，但別以爲速食店的漢堡就是安全的。生菜是如何種出來的？是用印度的水耶！生菜要裝進漢堡要清洗，也是用印度的水喔。以防挫青屎，還是別亂吃東西。

守則十：千萬不要相信任何人

印度人最擅長的就是「偷、拐、騙」，其次還是「偷、拐、騙」。我曾在孟買機場搭計程車，下車找錢時，頭低下一秒鐘而已，五張一百當場變成四張一百一張十塊。我也曾經搭嘟嘟車，明明講好價錢就是10塊，下車時硬要跟我勒索20，最後我直接把10塊錢甩在他臉上離開，後來他竟然在我家樓下堵了我一個小時。在印度要記住一句話：「好人怕惡人，惡人怕不要臉，不要臉怕不要命。」

最後補充一點：

印度人回答問題時，通常先把頭往左右輕輕地斜一下脖子，然後立刻恢復原狀（看起來像搖頭），這是代表OK（好的，好吧）或Why Not（隨便啦，不置可否）的意思。

印度很多狗屁倒灶的事我都遇過，套一句我的名言：不去遺憾終生，去了終生遺憾。

印度籍空服員

與印度籍女副駕駛一同飛行

表弟新手背包客之印度*PUB*初體驗

在印度嗑咖哩的這段日子裡，我在等當兵的表弟Dennis曾經來印度欽奈拜訪過我，和我一起住了將近一個月的時間。那是他第一次一個人出國。Dennis自稱是個新手背包客，他說要當背包客就要直接挑戰背包客的終極夢魘——印度。我和Dennis一同在印度的這段期間，爲我留下在印度最美好，以及最爆笑的回憶。

話說那一個月正值我被公司「耍寶」，讓我在印度民航局的執照筆試沒過，剛好賺得三個星期的大假，只能說Dennis來找我還眞會挑時間。

那三星期我倆的作息再正常不過了。每天起床後兩人早餐還沒吃，就先衝到社區的健身房踩飛輪，踩完飛輪後接著被全身瀰漫咖哩以及狐臭混在一起的阿三教練鬼操、做重量訓練。這阿三教練的英文不好，每次跟他溝通都是雞同鴨講、比手畫腳，他唯一會說的英文好像就是「more（再來）、more」，每次啞鈴的重量快把我和表弟Dennis淹沒時，他還是那句老話——more、more！

印度住的小社區

做完重量訓練，我跟Dennis會固定到社區中庭一座看起來像池塘的游泳池旁，穿著我們紅十字會救生員的細三角speedo紅泳褲在岸邊曬太陽。說實話，要不是社區的游泳池的水髒了點，混濁的水看不見池底，藍色的水帶乳白色，不然整體感覺很像在峇里島（這當然還要加上一些個人的想像空間）。

有天我和Dennis發現泳池裡的水還滿乾淨的，應該是前幾天下雨的緣故吧，頓時手癢腳癢很想下水試身手，但兄弟兩人遲遲不敢下水，因為皮膚病就是這樣傳染來的。

只不過，男人就是犯賤禁不起嗆，兄弟兩人開始互嗆：「你下去我就下去呀！」「你先下我就下……」一來一往沒完沒了，最後雖然心裡百般不願意，但兩人還是一起下水了——有事兄弟一起扛囉！——這是我在印度那一年裡，唯一一次在自己的社區裡下水游泳。

通常健完身、搞完男男日光浴，大概就是中午的時間，一般都是我做飯給Dennis吃。如果我倆今天特別想吃咖哩大餐的話，我們就會叫嘟嘟車去Marriott Hotel吃頓「把廢」（buffet）。下午跟晚上的日子就是我們兄弟倆探索印度的時間了。

頗有峇里島風味的社區泳池

我有個很要好的紐約黑人同事叫Stevenson，我都叫他Captain. Steve，他娶了個印度女孩當老婆，所以對這裡還算熟。有天他約我跟Dennis去舞廳跳舞。沒聽錯，就是舞廳！

來印度什麼東西都得體驗一下，這次也要進到印度的PUB裡扭腰擺臀一番。進去前我跟Dennis還在討論裡面會不會放著印度F4或印度麥可的音樂？進去後，還好裡面是放著重節奏的音樂，只是DJ放的歌和放歌的技巧極爛，在台灣隨便找個高中社團學生放的都比他們屌。

不過可能是地方不一樣，這裡的音樂節奏不像台灣一樣快，而且歌和歌中間還有間奏（不是non stop）。印度人跳舞的動作也超奇怪，像是十多年前台灣的綜藝節目「鑽石舞台」的開場舞。基本上這裡就像台灣五〇年代的地下舞廳一樣。我老爸老媽看到應該會滿懷念的！

在PUB當然是要拿杯酒在手上，於是Dennis跟我拿了錢，到吧檯前點了一瓶CORONA，Dennis想說很便宜，在PUB的光線下看著手中的鈔票覺得是一百元，就直接給了服務生，以爲他會找錢，結果等了半天沒找錢，還想說一瓶酒100還OK。

Dennis拿著酒回來找我，我問他找多少錢，Dennis說：「沒找錢耶…」啥？！我剛剛拿給他的可是500大洋耶。於是我跟Dennis回到吧台討錢，討了老半天，阿三才慢條斯理的拿了錢還給我們。找回了80元。我問阿三：「一瓶酒要多少呀？」他竟然說：「420大洋！」幹！也太貴了吧！

拿著420元的酒，讓Dennis不太捨得喝，只能小口小口的喝，少喝多滋味囉！

PUB裡的人，說實話還滿少的，但在這小小空間裡算剛好了。Steve忽然把我們叫過去，說舞池中間其中一個女的是印度當地的明星，雖然跟我平時看到的阿三女人比起來是正很多，但畢竟還是阿三啊！體驗過印度PUB，跟Steve告別之後，我們就坐車回家了。

印度Pub初體驗

表弟丹尼斯目前踏上我後塵在美國搞飛機中

表弟新手背包客之印度光華商場買3C

在這裡的生活眞的沒什麼消遣。有天我覺得跟Dennis在一起的生活太無聊，已經萎靡到每天下午都窩在家裡對著電腦看著YOU TOBE的KTV唱歌。我覺得清唱不過癮，很想要把電腦接到TV上，再去買一支麥克風來唱，這樣才爽快，所以打算去市區裡的BIG BAZAAR（類似台灣的家樂福），去晃晃買點東西。

到了T-Nagar（欽奈的東區），發現這裡還滿熱鬧的，算是當地的市集，就像台灣的夜市一樣，有比較多店家集中在這，以台灣來說算縮小版的通化街吧，司機跟我們說當地人都會來這裡逛，算當地最熱鬧的地方了，而這裡的BIG BAZAAR是比較新的一家綜合商場。

我倆進到BIG BAZAAR開始找需要的音響、延長線、老虎鉗等等用品。商場好像是從最上層（5樓）開始往下逛，在五樓電器用品挑了一組音響和一些小東西，要往樓下走的時候，賣場的阿三卻說每層樓都要結帳！甚麼鬼啊？

排了很久的隊，算好錢後，我把信用卡交給櫃檯，又等了很久很久發現不對勁，那個阿三居然拿著我的信用卡往樓下跑去，我問櫃台「爲什麼要這麼久，而且還把信用卡拿走。」櫃檯解釋了一堆，推測應該是不相信卡是我的，以爲是我撿到的，靠！

阿三還打到信用卡公司問，還要我出示證件。我跟阿三說我是機長，想給他們看名片才發現自己沒帶！唉，只好叫他們快一點了。過了半天沒反應，只好大聲嗆他，這些阿三就是欠嗆，不嗆他，他就慢慢來。這樣一瞎搞，買東西的心情都被剛剛那些阿三打亂了！

在BIG BAZAAR只找到我們要的老虎鉗，其他舉凡麥克風、AB線、延長線……都找不到，要什麼沒有什麼。不過勉強還是補給了一些衛生紙等民生必需品。

順便複習一下「背包客教戰守則」——在能買東西的地方一定要買，因為你不知道下個商店什麼時候會出現；在有廁所的情況下一定要上，不管急不急，因為永遠不知道下一個馬桶何時會出現。

回到車上問我們的司機知不知道哪裡有賣麥克風？這個司機當場就變成地陪，帶著我們去一棟大樓，裡面就像光華商場的店家一樣，不過只有少少的幾家，但什麼都有賣。

除了3C產品外，還賣香水、藥品，什麼都有賣，什麼都不奇怪！原本只要買個麥克風和AB線而已，看到旁邊有延長線和I POD用的喇叭，不知不覺又「敗」了下去，花了很大一筆大錢。

肯亞機長彈吉他
（吉他送給肯亞機長了）

這就是印度版的光華商場

回家前在路上看到樂器行，我怕Dennis走後的日子太無聊，所以就決定買了一把比較便宜的吉他，Dennis走後閒著沒事還可以有把吉他相陪。最後這把吉他在我逃離印度時送給了隔壁鄰居肯亞的機長了。

表弟丹尼斯出國學飛行前全家大合影

回家的路上，我跟Dennis經過一座古蹟的教堂，這才回想起來欽奈有一間重要的羅馬天主教教堂。

目前全世界僅有三間教堂有著耶穌基督十二門徒之墓，分別是西班牙的Santiago de Compostela（雅各），義大利羅馬的St. Peter's Basilica（彼得），再來就是印度欽奈的St. Thomas Basilica（多馬）。我跟Dennis經過的就是這間。

Anyways，我和Dennis回家後立刻開始試用剛剛買回來的東西，先試了音響，插上剛買回來的AB線，接上電視後發現沒聲音。檢查後發現剛買回來的AB線居然是壞的。換了一條後還是沒聲音，線路檢查無誤，只剩一個可能，就是阿三又拿壞掉的爛貨給我們了，媽的！

然後在客廳鋪上剛買回來的新地毯，喬好位置後，發現地毯的毛都翹起來了，幹！不便宜的地毯耶。

今天買的東西只剩下IPOD的小喇叭是好的，其他都是壞的。幹！阿三最會騙人了啦。

表弟新手背包客之印度世界遺址面面觀

今天一早又按慣例跟表弟Dennis到健身房踩飛輪，騎到一半時可能是真太餓了，昨天吃的印度餅NAAN一直出現在我的腦海裡，越想越餓，越踩也越累，發現腳步也越來越慢。除滿腦子的NAAN外，還想到台灣的博多拉麵……一堆好吃的料理都出現在我腦海裡，一道道的美味吸引著我，就像擺在我面前，但又吃不到，感覺心情很差！

就在和內心掙扎的時候，飛輪的強度又進到巔峰狀態，正是突破自我的時候。我常常都在說「撐過就是自己的」，很顯然我是撐過了，但下場並不是很好，「鐵腿」收場。

下午和Dennis決定了一下行程，計畫去欽奈最著名的觀光廟宇。開始一個多小時的車程裡，就能看到這城市的樣貌，實在只能用個「差」字來形容。沿途喇叭聲從未停過，滿街都有牛在亂晃。

到了目的地後，只看到一個小小的尖塔。我們不可思議的再次跟司機確認，司機直說沒錯，這就是目的地。到了售票口，更機車的事情來了——當地人門票只要10元，而外國人居然要250元。外國人的錢真好賺！

印度廟朝聖

我和表弟印度廟朝聖

Dennis正在想說一生可能就只會來這麼一次了，掙扎到底要不要花錢進去看時，這時候他想到了一句我的名言：「不去遺憾終生，去了終生遺憾。」在這時候，眞是非常貼切的一句話，哈哈。

這裡是世界遺址，地點是MAHABALIPURAM全名爲Group of Monuments at Mahabalipuram馬哈巴里布蘭——海岸寺院文化遺產：海岸寺院「馬哈巴里布蘭」，1984世界遺產，建於9世紀之寺廟群，供奉印度教三大主神之一的濕婆神，但因海岸傾蝕，保存不易。

另一著名的寺廟群——甘奇布蘭。此地爲印度七大聖城之一，建於西元前二世紀，共有126座寺院，非常具有印度色彩的城市。

到了小尖塔旁忽然有人吹哨子，當下直覺是我們走到不該走的地方，警衛要趕我們。但他卻走到我們的旁邊，替我們解釋這裡的歷史與資訊。這阿三講到一半時我靈機一動，問他是不是想當嚮導，跟我們解釋然後收取費用？果眞沒錯！要是傻傻的聽完他的解釋，他再亂開口要錢，我們就糗大了。

逛了一圈這座塔眞的是小的離譜，說眞的不知道爲什麼這麼有名？什麼也沒有，卻花了我們250大洋。既然進來了就不能白白浪費錢，所以只好多拍幾張照片囉。

結束第一個地點海岸寺院後，還有兩個地點可以用這一張票看到底，於是又坐車前往第二個地方——甘奇布蘭。這個寺廟也是小小的但從停車場走過去還有一點點路，在炎熱的印度，當天氣溫38度，對當地人可能覺得涼爽，但對我們兄弟倆來說卻是汗如雨飆！！

在這看了一下，說實在的除了拍照也不知道還能做些什麼的時候，眞的已經沒啥體力了。接下來又到最後一個地點，不確定地名，但上面也是有寺廟，還有很多巨石，最醒目的是一顆巨大的「不倒石」圓型的巨石矗立在斜坡上，一樣沒興趣，閃人！

就這樣，兄弟倆結束了這裡最著名和能逛的觀光景點……眞的是終生遺憾啊！

離開後我跟Dennis本來想去海邊曬曬太陽，但是印度的海邊我兄弟倆實在不敢領教，只好退而求其次到五星級飯店的游泳池游泳，可以了吧。

到了飯店泳池入口處，才知道一個人要七百多！哇咧，超貴，用搶的會不會比較快啊。這價錢我在台灣可以游一個月了，而且還是標準池。

在沒有選擇的餘地下，又爲了照顧遠來表弟，忍痛買了兩張入場卷。蝶、仰、蛙、捷後，離開泳池想去泡個三溫暖。才剛走進室內三溫暖的按摩池而已就被阿三叫了出來，說三溫暖要另外付費。七百多居然沒包含三溫暖…機車不泡了啦。

回到男更衣室準備盥洗，剛好有兩間浴室，沒有門是用浴簾的，我跟我Dennis剛好一人一間。洗澡前我還跟Dennis特別交代，洗澡時一定要用雞雞面對門簾洗喔，不能用菊花面對（就是背對啦）。有概念沒咩？就是臉面浴簾，屁股對牆壁（蓮蓬頭）。而且如果肥皀掉了，千萬不能彎腰撿肥皀喔。

與表弟Dennis（右）的Gay男日光浴

話才講完，自己洗臉時還在想：不會那麼「雖小」吧？洗個幾秒鐘洗臉會出事？所以當下決定快速洗臉，因爲洗臉時眼睛要閉眼睛所以看不見狀況，實在沒安全感。

說時遲那時快，眼睛才剛閉上，一個雞巴阿三直接把我浴簾拉開，講了一些我聽不懂的話，存心要嚇死我，就在我最無防備的時候耶！

二話不說直接鬼幹喬他，死阿三還一直跟我解釋，原來這死阿三是要跟我說——沐浴乳沒了！

當下氣到直接叫他滾出去。我說：「我在洗澡，全身裸體你沒看到嗎？」之後我用最快的速度洗掉眼睛上的肥皂，因爲剛剛是用獨眼龍的姿態罵人的。才沖到一半時他又進來，又拉開浴簾！！又想要跟我解釋不知道甚麼東西。媽的，當下先趕走他，再把臉上肥皂清掉，直接拉開門簾，對著那個阿三又吼又罵，吼到外面櫃檯的人全都進來了，而我就直接裸體站在那吼！

愛看是不是？沒在怕的啦！死阿三。

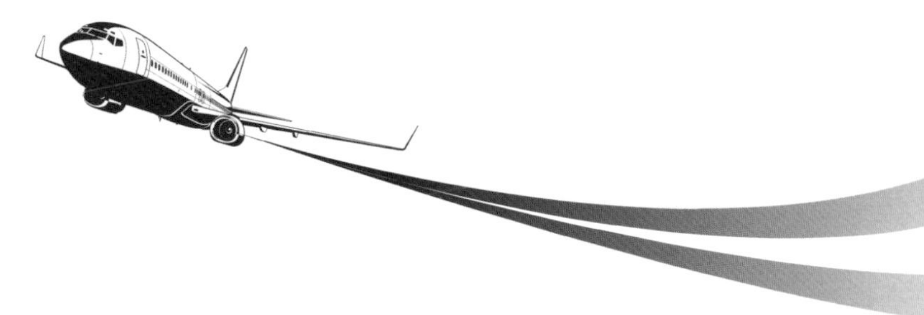

表弟新手背包客之印度頂好商店瞎拼記

今天早上一大早起床，一如往常拎著Dennis去健身房，快到健身房的時候突然發現，奇怪，健身房都沒開燈？這才想到假日社區的健身房早上9點多就關門了。

不死心，我一定要再次確認，因爲極度有可能是阿三在偷懶睡覺把燈關掉（曾經被我抓到過），所以還是到門口再度查看，沒想到眞的早上9點就關門了！印度阿三是怎樣？誰假日一大早就起來運動呀？

早上的行程只好又是在社區的泳池旁享受免費日光浴。邊享受時Dennis還邊「靠泊」我，說我騙他，因爲他來印度之前我跟他說，印度每天都會停電1～5小時，大部分情況下只會停一次電，至於週六週日則會不定時的看心情亂停電，停電的時候有時候連水都沒有。

眞是那壺不開提那壺，做完男男日光浴回到家，發現還眞的停電了。沒冷氣吹還算其次，全身臭汗的不知道有沒有停水？很擔心澡洗到一半忽然沒水，只好先拿水桶裝水，如果眞的停水的話，水流個5分鐘就會完全沒水了。

還好停電不停水，眞是不幸中的大幸。

洗完澡整裝一下，我跟Dennis說帶他到這裡最近的商店逛逛，雖然說是個很爛的小商店，但如果以台灣水準比較的話，應該可以算得上是「頂好」吧……

出社區大門後，我跟Dennis說商店不會太遠，用走的就可以了。於是我們走在充滿沙塵的空氣中和滿布瘡痍的街道上。滿街的阿三和到處亂大便的牛，還有停留在路邊垃圾桶上的蒼蠅群聚起舞，偶而還會遇到阿三直接在路邊就大起便來，他們隨地大小便後，就會有一些豬來幫他們「清理」掉那些「米田共」，不知道這樣算不算得上環保？有時候人還沒拉完，豬就迫不及待的想衝出來吃掉。

我跟Dennis走在大馬路上，嘴巴緊閉不敢張嘴，深怕被傳染疾病或不知名的怪蟲飛進嘴裡。在這裡要過馬路是個非常大的挑戰跟學問。之前提過這裡撞死人不稀奇，除非我是「牛」，印度人才會讓！印度人開車、騎車也都超兇的，沒規矩的亂衝亂撞亂鑽。

一陣慌亂後我兄弟倆終於走到目的地——印度的頂好商店——雖然停電中，但商店裡還是有柴油的發電機在供電，所以還有燈可以看得到東西，但沒有冷氣。才剛進去沒多久全身就開始冒汗，說實話，這小小的商店裡面什麼都有，真的就很像台灣的頂好超市，只是東西

印度版的頂好商店

沒這麼齊全罷了。到印度後已經不能要求太高了，有家商店就該感謝上蒼，這是我兄弟倆上輩子積來的福氣。

在印度頂好商店逛一逛之後，突然間連發電機都沒電了，靠！裡頭一片漆黑，只剩一絲絲微弱的光線從外面的世界照進來，這時發現我連阿三都快看不到了，原來阿三已經跟這漆黑的環境狠狠的融爲一體。

就在這又熱又黑的商店裡，我們努力地尋找需要的補給品，逛著逛著看到冰箱裡頭擺著印度餅，這就是不斷出現在Dennis腦海裡的印度餅NAAN。Dennis一直吵著很想多買幾包回台灣，可惜這餅需要冷凍，所以沒辦法帶回台灣給親友品嘗了。

東西沒買很多，隨便逛逛買了一堆東西花了3千多RS，這裡的物價其實不便宜。結帳的時候會有阿三幫忙打包，阿三幫忙打包是可以的，打包完會有阿三要幫你拿東西，這時你可選擇要或不要讓阿三幫你拿東西，幫你拿出門就會跟你要小費了！

超商買完東西後，超商的樓下有間水果店，提著剛買完大包小包的東西準備要進水果店，這時門口的警衛把我兄弟倆擋下，我心想說：「不會吧？這樣也要收錢嗎？」原來是要跟我們說買的東西不能帶進去要放在外面呀！但我實在不放心把剛買來幾千塊的東西放在外面，只好留Dennis在外面顧東西了。

進了水果店，我稍微看了下水果店裡面的香蕉和芭蕉，很多都爛掉了，水果看起來賣相都不太好，有種吃完馬上會「剉青屎」的fu。但太久沒吃到水果感覺又怪怪的，怕Dennis回台灣後跟我舅舅、舅媽告狀，所以我挑了一串看似比較好吃的香蕉買回家。由於要扛著這一堆東西回家很重，我跟Dennis都懶得再走路了，所以就叫嘟嘟搭回家。摸摸身上的口袋，發現只剩大鈔沒零錢，這就讓我們再複習一下「嘟嘟車教戰守則」。

前面篇章的「嘟嘟車教戰守則」提到過：上車要先問清楚司機有沒有零錢？沒零錢不搭。有零錢要拿出來給我們確定真的有零錢，不是亂唬爛的，阿三就是喜歡偷拐搶騙外國人，所以來這一定要特別注意。

印度社區小健身房是我滿常待的地方

回到家把水果拿出來才發現底下的都壞掉，阿三真愛騙人，上面漂漂亮亮的香蕉下面都爛光光了。

結論就是，不要太相信印度人所說的事情，檯面上可能跟你說的漂漂亮亮，私底下其實有些不太光明的手段。

我飛的是紙糊的飛機

我們公司一共只有五架飛機，跟我現在所處的深圳航空將近200架飛機的規模，簡直不能比擬。而我們公司這五架飛機裡，有一架是不飛的，固定擺在地面上。所以嚴格說起來，我們公司只有四架飛機是可以運行的。

然而這架飛機就算想飛也飛不起來，爲什麼呢？因爲公司沒有錢維修其他四架飛機，就把這架飛機當成是零件機，其他四架飛機只要有零件故障了，就會到這架飛機上拆零件。因此我們都稱這架飛機爲Christmas Tree（耶誕樹）。

話說我們公司雖然能夠運行的飛機有四架，但是偶爾會只有三架飛機飛得起來，因爲我們公司的機長永遠不夠，公司壓榨我們這些機長，像榨柳丁汁一樣榨到只剩下皮一樣——我們的班是連飛六天才休一天——再加上我們公司的機長來來去去，眞正能夠存活下來並待超過三個月的眞是少之又少，所以有時候實在沒有機長可以運用時，公司就必須要ground停擺一架飛機下來。

我們老闆是開紡織廠的，對航空業一無所知。事實上他也完全不在乎公司的運行以及管理，只要我們不要把飛機給摔了就好。說也奇怪，管理如此爛，飛行毫無安全可言的公司，載客量居然班班都可以達到八九成，我想是因爲我們公司走的是廉價航空Low cost的策略吧。

來談談這家公司的飛機有多麼的不安全。

與聖誕樹實驗機Paramount Airways飛機合影

有一次我夜航從可欽Cochin回來，交由副駕駛落地，沒想到這副駕駛狠狠的把飛機給我重落地在跑道中心線左邊，然後彈起來跳到右邊。我想趕緊接手挽救這一把落地都來不及。根據十年來飛行的經驗，當下我心裡只有一個念頭：「糗了，這肯定是超過1.6G的重落地。」飛機停進機坪客人全都下機後，我在機務的維修本上簽了一條「Hard landing suspected（疑似重落地）」，沒想到機務經理立刻上飛機求我，希望我能把剛剛簽在機務維修本上的記錄改掉。因爲如果我不改掉的話，這飛機就要被停飛至少24小時做檢查維修，身爲機長的我，「安全」一定要堅持。

還有一次我飛機正好落在外站，落地後空服員檢查飛機，發現飛機上洗手間的馬桶壞了，而且是整台飛機所有洗手間馬桶都壞了，沒辦法沖水。機務檢查後發現是飛機抽眞空的幫浦壞了，導致洗手間馬桶不能使用。

所有客機上都有一本「最低裝備需求表」（Minimum Equipment List），這本書上List飛機所有的裝備，哪些裝備壞了可以繼續合法的飛行。隨即我跟機務查閱了這本最低裝備需求，書上說：「必須要把飛機上不能使用的洗手間鎖住，並且用封條封上。」但是書上並沒有說是否禁止飛行？公司場站經理立刻在候機室用廣播通知所有正準備要登機的旅客：「本機上的洗手間目前故障停用，請所有準備登機的客人現在到洗手間先行上廁所，要尿尿的尿尿，要大便的大便。」夠無言吧？好險這一趟旅程才兩個小時。

不過這也夠嗆了，害我一路不敢喝水，空服員也不發任何飲料。

這大概是我飛行十多年生涯中遇過最滑稽的事情了，要是一般正常的航空公司早把航班取消了。

再繼續多談談我們公司的飛安有多危險。

有一天我上班飛行，飛機滑到跑道頭時看到我們的耶誕樹旁邊，還停擺了另一架我們公司的飛機。我轉頭問副駕駛：「今天又沒有機長可以飛了喔？」沒想到副駕駛居然跟我說：「那架飛機是被民航局停飛的！」我滿臉疑惑？這怎麼回事，難道是亂拆耶誕樹零件被抓包了嗎？副駕駛才告訴我事情的來龍去脈。

原來這架被民航局停飛的飛機，昨天下午被我們其中一個機長在飛行前做機外繞機檢查時，發現了引擎跟飛機機翼連接的地方有條將近20公分的裂痕，也就是說飛機的蒙皮有條近20公分的洞。而我們公司的機務居然用3M的馬蓋先膠帶把這裂縫貼了起來，天啊！！

相信大家如果有看過少林足球裡，小師妹送給大師兄的那雙破破爛爛用貼紙補丁的球鞋，就不難想像這個畫面。只是人家是黏球鞋，天才的阿三卻可以想到把它拿來黏飛機。

由於這個破洞實在不容易被發現，加上機務用3M膠帶貼起來，就這樣我們這架好比紙糊的飛機也不知道繼續飛了多久。這個機長跟公司反應，公司沒有理會他，後來是有人看不下去打電話去民航局檢舉，這架飛機才會被停飛下來。

不過，Guess What（猜猜看）？才過沒兩天，我們又看到這台飛機繼續執行任務了！原來是公司老闆塞錢給民航局，民航局就下文，解釋說20公分的裂縫並不影響飛安，只要在下次進廠保養時完成維修就好。

唉，就像我說的，難怪我們公司走那麼多的機長，給我們再多錢大家也不願意飛，眞的不是錢的問題。

又有一次，我有個最要好的兄弟Capt. Frances，他從欽奈起飛，要飛往班加拉爾，途中遇到亂流飛機晃了兩下，沒想到我們公司飛機就眞的跟紙糊的一樣，駕駛艙的門就這樣硬生生的、蹦的一聲，整片垂直倒了下來。剩下的飛行航程還必須要請空少把駕駛艙的門扛回原本的框框裡，用身體靠在門上，讓門不至於再倒下來。

誇張的事還沒結束，落地後根據先前提到過的「最低裝備需求」書中載明了：「如果駕駛艙門鎖壞掉是禁止載客飛行的。」附帶一提，在911之後，世界民航運輸組織對航空器有嚴格的規定。世界各國的航空器必須要改裝防彈門，而新出廠的飛機也必須配置新款防爆門。

連門鎖壞了都不可以合法飛行，公司居然跟這位機長講：「書上只說駕駛艙門鎖壞了是不能載客飛行，但是沒說沒有門不可以載客飛行！」天啊！夠爆笑吧？沒有門，那豈不是太方便了蓋達組織了嗎？不要說蓋達組織啦，隨便一個客人只要看我不順眼，從後面拿罐飲料K我，我都可以被K成重傷。

這位機長當然拒絕飛行，沒想到先是公司的航務處長打電話給這位機長，威脅他不飛行的話明天就請他回家吃自己。我朋友當然不就範，不能拿自己的飛行執照以及飛行事業開玩笑。沒想到過沒多久，連老闆都親自打電話給我兄弟，一樣威脅他如果不飛行話就開除他。Capt. Francis當然還是不願意就範，公司也沒有辦法，因爲飛機就壞在外場，也不是壞在自己的本場，沒有人可以把飛機飛回來。最後公司妥協，讓我兄弟把飛機空機（不載客）飛回欽奈。

隔天，公司也沒處理我兄弟Capt. Francis，我們大家的猜測是，如果開除了Francis耶誕樹旁邊又要多停一台飛機了。

要follow公司SOP（標準操作程序）居然要自己花錢買

印度Paramount Airways（派拉蒙航空公司）是我待過最沒有章法跟制度的公司，舉例來說，每家航空公司都有所謂的SOP（標準操作程序），我們公司很多人甚至連SOP是什麼意思都不曉得。所以我們公司的機長可以在安全的範圍內，隨心所欲的操作飛機，不過可憐的就是這些印度籍的副駕駛，畢竟每個機長的飛行手法都不同。

感謝華信航空公司把我教育的非常完美，我是個嚴格遵守SOP的機長。在印度時我都跟副駕駛說，如果公司沒有SOP，我們就follow（根據）原廠的操作程序來操作。

有一天飛行時，副駕駛興沖沖的跟我說：「Capt. James公司終於出了新的SOP。」我心想這個公司總算還是有上進心，於是我跟副駕駛借新的SOP（標準操作程序）來研究一下，沒想到副駕駛居然跟我說：「SOP要跟公司買，一本100塊美金！」什麼鬼啊？我要follow公司的標準操作程序，居然還要自己花錢買，這真是我這輩子聽過最好笑的笑話了。難怪公司沒人要按SOP操作！

公司的小氣吝嗇，還可以在許多地方可以看得出來，先前提過的耶誕樹就是很好的例子。

例如我們公司還有一架飛機，駕駛艙裡頭儀表板的擺設就跟其他同機種飛機不一樣，甚至有些很奇怪的開關在其他同型的飛機上也都沒有見過，在手冊裡更是查不到。有天我問了副駕駛這個問題，副駕駛請我看了一下這架飛機的生產序號。我的老爺啊，不看不曉得，這架飛機的生產序號居然是「EMB170000002」。這台是全世界上第二台Embrare170的飛機。

換句話說，這架我們現在所飛的飛機，是原廠的Prototype（原型機），難怪有那麼多沒見過的奇怪開關。副駕駛跟我說，巴西原廠本來要把這架飛機封存起來了，因爲不可能有客戶會笨到敢買測試機，但很顯然的我們公司就是！還聽說是巴西原廠借我們公司兩年，讓我們當白老鼠幫他們測試。

再說到公司的沒章法跟制度，讓我們這些外籍機長們在這裡過著山寨大王的日子。連我們上班遲到，睡過頭等等公司都不敢、也不會處分我們。難道要停我們飛嗎？那麼明天耶誕樹旁可又會多停擺一架飛機的。

在印度飛行還有個很妙的地方，而且大家似乎都已經習以爲常了，就是無論是誰飛到公司晚上最晚一班的航班回欽奈時，大家一定會收起平日的嘻嘻哈哈，打鬧搞笑，整趟飛行不發一語。因爲印度民航局有條很沒人性的規定，民航局會不定期抽查每家公司最後一段航班，駕駛艙飛行員的對話錄音。

總結了那麼多不可思議的故事，不難想像爲什麼有那麼多機長都不願意在這個鳥地方待下來了吧！

我還記得逼走我的導火線，是有一天我生重病，感冒發燒到39度，我連走路都有問題了，更別說要飛飛機，當晚我硬撐了兩個航段的航班，剩下最後一個航段時眞的撐不住了，打電話向總機師請假，總機師說「不准」；隔了五分鐘換成老闆親自打電話給我，跟我說要是我不飛，明天之後就不來上班了。既然老闆這麼希望我不要來上班，隔天我只好成全他了，哈哈。

我在這裡有兩個好兄弟兼鄰居，分別住在我公寓的左側以及右側房門。一位是肯亞籍的機長Miriti，另一位是厄爾瓜多籍的機長Marcos，我們三人在這裡相依爲命。由於生活以及工作上的環境刻苦，大家的感情特別好，有種特殊的革命情感。我們三個人都考上了沙烏地阿拉伯的公司，都準備在下個月要去新公司報到。我離開印度的那晚大家約定好，一個月後我們三個人一起在沙烏地阿拉伯碰面。

我是在某天的半夜，自己一個人偷偷摸摸叫了車子把我送到機場逃離了印度。一直到隔天早上公司發現我沒去上班，還以爲我生重病掛在宿舍了。

Marcos的離開就很有戲劇性。

逃難前的大合影

我離開一星期後，有天Marcos飛早班，他一大早神不知鬼不覺自己一個人先到國際線check in拿到了回家的登機證，隨即再到公司報到。跟組員們做完了飛行前簡報後，大家一同搭機組車上了飛機，就在客人都登完機後Marcos跟副駕駛說他要去

令人急於遠離卻又懷念的印度飛行生涯

上洗手間，這一等就是三個小時後Marcos從孟買打電話來說他現在正在回家的飛機上，說完隨即掛上電話，哈哈。

至於Miriti，過半個月後他休假回肯亞，就再也沒回到印度了。一個多月後我們三個人依約定在沙烏地阿拉伯首都利雅德碰面，當下的感覺我真的很難用筆墨跟各位讀者形容。

我離開印度當晚曾發誓，印度這個鬼地方我一輩子都不願意再回來。沒想到事隔才沒幾年，現在居然開始懷念起印度生活的點點滴滴。人生，很多當下覺得痛苦不堪的事情，回首過後一切都是難得的美妙回憶，無論好與壞，都是用金錢買不回的記憶！

Fuck up the landing.（不要幹他媽的搞砸了落地！）

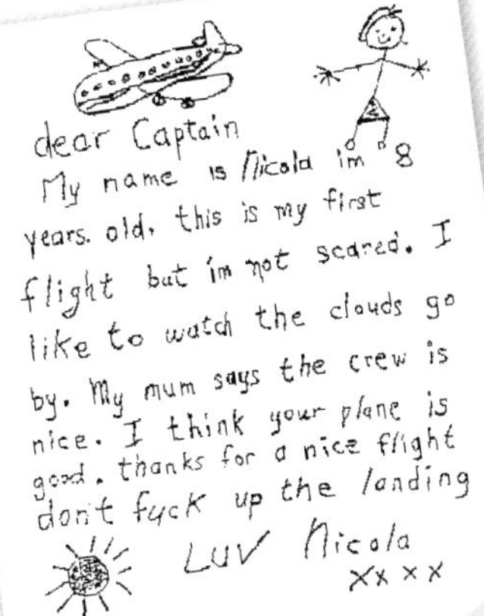
dear Captain
My name is Nicola im 8
years. old, this is my first
flight but im not scared. I
like to watch the clouds go
by. My mum says the crew is
nice. I think your plane is
good. thanks for a nice flight
don't fuck up the landing
LUV Nicola
xx xx

最近想起不少往事……今天整理舊檔案時看到一張之前在印度飛行時，一個小朋友搭我飛機寫給我的小紙條……

大致翻譯如下：

親愛的機長，我的名字叫做妮可拉，我今年八歲。這是我生平第一次搭飛機但是我並不害怕，我喜歡看著雲從我身旁飛過，我媽咪說今天的飛行員人非常的好。

我認爲你的飛機很棒，謝謝你給我一趟這麼愉快的飛行……不要幹他媽的搞砸了落地！

事後才發現……原來這張小紙條裡面的話是網路下載來的，可惡被客人給耍了！害我還戰戰兢兢，深怕落個重落地被小女孩笑……Fuck up the landing！

Chapter 4

沙烏地阿拉伯篇

在沙烏地阿拉伯的鬼日子

Saudi Arabia

我成了A片的大盤商

離開印度這個鳥不生蛋，烏龜不放屁，猴子不打手槍，不是人類棲息的鳥地方，算一算也四個月了。08年12月時，我一卡皮箱一個人，隻身來到了沙烏地阿拉伯。

每每有朋友問我：「詹姆士，你現在在哪裡飛啊？」我回答：「沙烏地阿拉伯。」老實說，到現在沒有一個朋友搞清楚過，都以爲是杜拜或是阿布達比。

你們也幫幫忙，那個是阿拉伯聯合大公國（United Arab of Emirates）。我這裡是沙烏地阿拉伯（Kingdom of Saudi Arabia），是兩個完全不同的國家喔。看官們，在這裡假日有公開刑場，可以看小偷被剁手剁腳，姦夫淫婦被浸豬籠。簡直就是另類觀光景點，刺激的咧！

沒來之前，大家都勸我要安分一點，不然應該是會被剁掉小雞雞的。沙烏地阿拉伯民風很保守，而且反美，害我一堆「美國大老鷹」（American Eagle）的衣服都不敢帶過來。

我所在的城市，是沙烏地阿拉伯的首都「利雅德」。沒有來之前，對利雅德的印

沙烏地阿拉伯的街景夕陽

象，就是覺得這是個非常危險的地方，路上的每個路人都是恐怖分子。小時候常常聽到CNN報導說：「阿拉伯首都利雅德今日又遭受到自殺炸彈客攻擊……」不然就是看到新聞影片播放著幾個持AK47衝鋒槍的蒙面黑衣人從麵包車上跳下來沿街掃射。

當我第一次抱著忐忑的、必死的、像要上戰場的心來到這裡時，整個人嚇了一跳！完全跟想像中的沙烏地阿拉伯不一樣嘛。

記憶中的畫面，應該是像黑鷹計畫裡的場景一樣破破爛爛的城市，斷垣殘壁的建築與塵土飛揚的街道才對。然而實際情形卻不是這樣的，整個國家非常的先進富裕，道路又寬又大又乾淨，高樓大廈林立，一棟比一棟還要高、還要新穎。

很多時候我都覺得那些大廈只是蓋來擺在那好看，美化市容的，哈哈。這裡shopping mall（購物中心）到處都是，且一間比一間大。整體說起來，利雅德應該可以說是MALL少一點點的杜拜，更貼切一點應該說是把賭場拿掉的拉斯維加斯。

先不要高興得太早！在沙烏地阿拉伯，整個國家禁酒，全國找不到一滴酒。私人擁酒或是想要土法煉鋼用米自己偷釀小米酒的，可是要判重罪。另外，這整個國家沒有電影院、沒有PUB、沒有夜生活，更別說賭博、撲克牌麻將等都是嚴重違法。

更慘的是，就連網路上所有跟情色有關的網站都被封鎖，想上都沒辦法上的。只要你一輸入任何跟性、情色有關的網址，馬上就會有電信公司的信息頁面跳出來：「您嘗試瀏覽的網站因含有禁忌內容，已被封鎖！」有時候可能你會走運成功進入一兩個網站，先別偷笑，這只是暫時的假象，系統只是還沒被過濾到而已。隔沒幾分鐘，你就發現殘酷的魔爪已經侵略該網站了。封鎖的原理是鎖網址的關鍵字，但是沙烏地阿拉伯寧可錯殺一千，也不能放過一個！以致於許多不相干的網址也無辜的遭到封殺。很多網站不能上在這裡也只是剛好而已。

那……那……A片哩？天啊！當你去辦沙烏地阿拉伯簽證時，他們會直接在你護照上面貼一張大大醜醜的貼紙，寫著：「攜帶色情相關書籍影片是國家重罪，將導致直接原機遣返！」就因爲這句話嚇得我皮皮挫，害我進海關時手緊緊抓著我兄弟Alston贊助的那滿滿的500G A片硬碟發抖冒冷汗。

這裡的海關，是我到過全世界那麼多國家裡，見過最嚴格、也最藐視人權的海關。沙烏地阿拉伯的海關爲了嚴格把關，確保不會有邪惡壞份子把限制級影片帶進來（說的就是敝人在下我），只要他懷疑你，海關可是會把你的筆記型電腦打開，檢查硬碟裡的每一個檔案。如果身上有隨身碟或是行動硬碟這種東西絕對是逃不過的。他們會先搜出來，然後拿到旁邊的小房間交給專人檢查。也因爲海關檢查如此地毯式檢查，耗時就特別久，所以每次從飛機落地、過海關……總是要折騰個大把時間。等一到兩個小時算幸運的了，大多數時間我都做好了要在大廳紮營的心理準備。有人席地躺在排隊線裡睡覺、梳頭、嗑瓜子，什麼都見怪不怪了。

話說這500G A片，居然讓我成了現在這裡的大盤商，我的同事們一傳十、十傳百，把口碑做了出去，常有人很曖昧的跑來找我，跟我套關係，聊些五四三的，其實到了後來，也只是想要跟我討些片子去享受，調劑紓解在這鬼地方生活的壓力，灌溉久旱沒有A片滋潤的寂寞宅男心靈。於是我這500G A片就成了傳說中的500 加侖（500 Gallon）荒漠甘泉。

再偷偷跟大家講件事喔，在這裡我連看個A片都要把聲音開的非常非常小聲，不然就是要戴耳機來看，不然的話我真的很怕會不會有宗教警察來把我抓走，這一抓走，有可能下個假日會在公開刑場看到我了囉。

各國機長在宿舍門前飲酒思故鄉

歐買尬！這裡是男男的天堂

剛來利雅德的第一天早上不到六點天還沒亮就被莫名的廣播吵醒，咿咿啊啊的，原來是這個國家信奉眞主阿拉，一天要膜拜五次，所以沙烏地阿拉伯爲了要確保每個人都準時膜拜，設立了密密麻麻的廣播網，在這裡三步一個小清眞寺，五步一間大的。每天時間一到便準時放送可蘭經，搞得像國家的防空警報系統一樣，強迫中獎。就好像我們的萬安演習，只不過我們一年一次，而這裡是一天五次，喔買尬！

每當可蘭經一從天際響起，全國的商店都要關門，有鐵門的拉鐵門，有電燈關電燈，餐廳有桌椅放在外面的全部要收起來。所以也造成非常好笑的場景，阿拉伯人成天沒事幹，每天就把這些桌椅搬進又搬出，哈哈。

剛來時我不懂，常常到餐廳吃飯吃到一半遇到禱告時間，轟的一聲鐵門突然拉下關門，只差沒放狗，也不管還有客人在裡面用餐，一群人就全被困在裡面，要等到禱告時間（prayer time）結束才能放生，慘……就連聽FM廣播時間到了也會開始放送阿拉經，不過現在我已經把時間抓得很準，會盡量避開禱告時間去公共場合。

中國的老祖宗告訴我們男女有別，然而我沒看過全世界哪個國家像這裡一樣，實踐得這麼徹底的。這個國家所有用餐的地方，不管是餐廳、咖啡廳、茶水間、飯店，所有有設座位的地方都是男女有別。男生只能待在男生區，而家庭有家庭區，中間一定有屏風窗簾或是隔間分出個楚河漢界。未婚男女不得坐在一起，單身女性也只能坐在家庭區裡喔！

再跟你們說，這裡女人不能上街，男女不能同車，夫妻同車老婆只能坐後座。家庭同車，老婆也只准許跟老公的兄弟同車。這裡男女不平等很嚴重，女性不准工作，所以在這裡看到工作的女性都是外國籍的。例如我們公司的空服員，都是鄰近國家摩洛哥或是埃及的美女們。千萬別挑戰公權力，這裡有宗教警察可是拿著大棒子隨時攔檢盤問。

既然講到了警察，小弟再來解釋一下，據說斯斯有兩種，這裡警察也有兩種。一種是一般的警察，另一種是所謂的宗教警察，專查危害善良風俗，妨礙伊斯蘭民風的人（乍聽之下根本是又在說我嘛）。嘿嘿！舉凡男性穿短褲上街，或是牛仔褲破洞破在不該破的位置、女性未依歸定著黑色僵屍裝（Abayat）從頭到腳裹得密不通風、男女手牽手，這些全都是違法的喔！

講到男女手牽手，這裡眞的是太怪太怪了，我只能說這裡是同性戀的天堂。

在這裡，男女上街不能手牽手，但是男男卻是可以喔！不但可以手牽手，我還經常看到男男手鉤腰帶，手互鉤小拇指，甚至還有手牽耳垂的咩……我個人認爲是他們從小就沒有好的價值觀，又或者是從小被壓抑住無法跟異性交談，所以只好轉向男男的慰藉，眞是我的老天爺啊！

想到我剛來時常在飯店的健身房運動，總會遇到個五十幾歲的阿拉伯阿伯特別喜歡找我聊天，後來我才知道他是個醫生。我每次運動完一定都會去戶外的游泳池畔曬太陽，而這個阿拉伯老

沙烏地阿拉伯街景

男人總是會跟在我後面也一起來日曬。

我本來一直以爲他只是運動沒伴無聊，我也沒想太多，就友善的跟他哈拉，畢竟人生地不熟，就當多交個朋友。後來漸漸的我發現事有蹊蹺，好幾次我躺著日曬時都發現他雙眼死盯著我誘人的小麥色six　pack胴體盯得緊緊的，於是發覺大事不妙。果不然，有天他突然跟我告白說他喜歡男生，很喜歡我，覺得我很可愛，要約我去他家坐！阿娘喂啊～嚇得我泳褲差點沒掉下來，這老Gay……我眞的是有Gay緣耶，而且是跨越年齡與國籍的界線，老少通殺，中西通吃哩！

剛剛講到泳褲，想我堂堂詹姆士，這輩子去游泳，不管是游泳池、海邊、衝浪……永遠都是標準的SPEEDO（三角細腰小泳褲）。來到阿拉伯後就再也不敢拿出來了。附帶一提，在這裡游泳居然要穿海灘褲，在台灣有些泳池不穿泳褲還不讓你下水游勒，眞是夠了。

再想到第一次到這裡飯店的蒸氣室，認識我的人都知道，我的東西雄偉壯觀。只要進蒸氣室就是全裸，沒有在那遮遮掩掩的。沒想到這樣一來，進蒸氣室的阿拉伯人看到我都覺得我是變態……媽的BB蛋。我常跟這裡的外籍同事開玩笑說：「在阿拉伯的蒸氣室，必須要穿牛仔褲才可以進去！」

還有更誇張的事，這裡有些男廁所是沒有小便斗的，剛來時也搞不清楚狀況，一進到公共廁所看到沒有小便斗，馬上跟見到鬼一樣的連滾帶爬，用光速飆似的逃離案發現場，深怕自己誤闖了女廁，要是被活逮，恐怕是剁老二或是浸豬籠吧！就這樣搞得自己只能跟變態一樣躲在廁所外面，看到有男人進去時確定是男廁，才敢跟著進去。

廁所沒有小便斗原因哩，是因爲這裡男人大部分都穿著白色連身的拖地馬褂，試問一下，他們是要怎樣尿尿啦？站在小便斗前把整個衣服（或是裙子）撩起來露出屁股尿嗎？

阿拉伯國度的奇妙眞是一言難盡，有太多太多讓我大開眼界的故事說也說不完。所以小學課本才教我們「讀萬卷書，不如行萬里路」啊。

我以及MARCOS、MARITI是一起從印度的公司逃亡過來的。在拍完這張照片之後我們開玩笑說：「讓我們把這照片寄回前公司吧！」哈哈！（因爲前公司還在找尋我們三位機長下落）。

左邊：肯亞籍機長Miriti，中間：厄爾瓜多籍機長Marcos，右邊：本人James.

原來阿拉伯數字不是阿拉伯數字

左上角是真正的阿拉伯數字，右邊那一排則是左邊正港阿拉伯數字的翻譯。

阿拉伯文……長得很像端午節的龍舟，其實它是由右寫到左，至於我們從小用到大的阿拉伯數字，我們自以為是阿拉伯的數字，其實它眞的不是阿拉伯數字喔！

剛來時自己也沒發現過這問題，直到進了shopping mall裡，看到商店打折的廣告看板才覺得怪怪的。怎麼東西常常打0折，那乾脆不要賣了。但後來又想，會不會阿拉伯文是由右寫到左，而數字也是由右到左？反正整個就是覺得很怪，只好拿出身上的阿拉鈔票看著數字對著翻譯，才知道原來阿拉伯的數字也是由左到右，而文字是右到左，所以要讀阿拉伯文整個是很麻煩，右到左，左而右的，很有一套。最重要的是，我們從小時候開始一直念在嘴巴上的阿拉伯數字，其實它根本就不是阿拉伯的數字。

阿拉伯數字是古代印度人發明的，後來傳到阿拉伯，又從阿拉伯傳到歐洲，但因爲歐洲人誤認爲是阿拉伯人發明的，就把它們叫做「阿拉伯數字」，之後流傳了許多年，人們叫得順口。所以至今人們仍然將錯就錯，把這些古代印度人發明的數字符號叫

大而無當的Shopping Mall

做阿拉伯數字。

正統阿拉伯文的6是我們一般熟悉的數字7，阿拉伯文5則是我們熟悉的0，7是V，3是倒3，完全不一樣。而我在這裡只能舉例，所以賣場打五折，我們才會以爲0折，眞的很糗。

講到shopping mall，這裡逛街的女人每個都包得緊緊的，只露出一雙瞇瞇眼，連人中也不放過，都要隔層小紗。既然這樣，那MALL裡面到底賣些什麼東西？根據我觀察，這裡面舉凡各大名牌性感內衣、睡衣、晚禮服、五顏六色的套裝、細肩帶的辣妹服，短到屁股上面的小短裙，什麼都有在賣，但是怎麼看都很奇怪。不過我很好奇？這些全身包得像採蜂阿桑的女人們買這些衣服幹什麼啊？後來我才知道，雖然政府禁止他們在外面穿這樣，但是沒規定不能在家裡搞騷吧，而且私底下聽我們公司空服妹妹講說，這裡定期會有人偷偷開home趴。反正只要不上街，政府就管不著囉！

附帶一提，沙烏地阿拉伯，是整個中東區域所有國家裡，宗教法最嚴厲的國家，所以才會整個國家沒有酒沒有娛樂。我現在這裡混熟了，也才知道很多當地人都會趁周末開車到鄰近的國家，阿曼或是巴林去享受酒池肉林的夜生活！

講到周末，今天美國籍的同事打電話給我；「hay Capt. James，you wanna go outta country this weekend?」（周末要出去玩嗎？）原來他找我周末去巴林喝　酒把妹妹，因為後天就是周末了啊（今天星期一）。

巴林酒池肉林的夜生活

看官們不可思議對不對？還是根本沒有搞懂我在講啥？這裡——阿拉伯世界國家——他們的周末是星期三，假日是星期四跟星期五，他們的星期一是我們的星期六，詭異了吧？剛來時，真的怎樣都搞不清楚也無法適應。

剛剛講到MALL，又讓我想起一件事，我常常在想，如果有小朋友在MALL裡面走失了，大聲哭喊著：「媽媽……媽媽……」眞不知道他要怎麼認媽媽捏？因爲每個媽媽都長得一模一樣，只露出一雙小眼睛。你厲害，你認給我看看啊！整個mall都是媽媽。

這又讓我想起來，以前還在華信，跟我兄弟老王一起飛吉隆坡時，曾遇到過一群包頭包臉的穆斯林女高中生正在拍照。居然跑過來要我幫他們拍團體照，拍完後他們還要一個個獨照！當時就很想跟他們說：「反正你們都一個樣，只要拍一張做代表就可以了吧？」洗給大家再寫上自己名字不就可以了，省時省力不是嗎？

這裡眞的很多事很怪很怪，不勝枚舉。我們搭一般飛機，通常飛機上都有小電視可以選擇看電影或是遊戲，也可以選擇看現在目前的飛行狀況，通常會告訴我們現在的飛行高度、速度、航向。通常螢幕角角還有個指針箭頭，告訴乘客目前的風向風速。我搭沙烏地航空公司飛機時就一直覺得很奇怪，怎麼螢幕上這個小指針一直都不動？不然就是飛機動他就跟者亂動（敵不動我不動，敵一動我亂動）。後來我看到身旁的阿拉伯客人突然就跪了下來，跟者指針箭頭的方向貼地拜了起來，才知道原來這箭頭是指著東邊（或是麥加的方向）。

另外，別家航空公司的飛機起飛前，飛機開始滑行時會放安全影片，這裡是放可蘭經，又是一陣子咿咿ㄚㄚ，當然安全影片還是會放啦。

當我跟別人討論到種族或是國籍問題時，我都大聲告訴所有人：「我詹姆士這一輩子最恨最恨兩種人，第一是有種族歧視的人，再來就是黑人。」

以前在美國念書時，常常被人瞧不起。反正就是自我安慰自己，我們是「ㄚ華」被瞧不起是應該，就好像我們瞧不起阿三一樣。最幹的是，在美國我們阿華連阿咪狗（墨西哥人）都比不過，媽的！

種族歧視世界上每個角落都有，尤其是白人的驕傲。白人瞧不起很多種族的人，這是眞的！但是在沙烏地阿拉伯，他們不管你是白人、黑人、黃皮膚的人、驕傲的英國人，或是臭得跟屎一樣的阿三，阿拉伯人一視同仁，通通瞧不起。因爲沙烏地阿拉伯眞的太有錢了，他們就是認爲你們全部是他們的外勞，是到他們國家幫他們打工的。所以我常調侃自己，充其量我只是個台勞而已。

這個國家出產石油太有錢，無鉛汽油一公升只要1.2塊台幣，這裏車加滿油100塊台票還有找喔！就是因爲這樣，很多低階的工作都由外勞來代替了，最常見到的就是巴基斯坦人跟菲律賓人，而所有的計程車司機幾乎都是巴基斯坦人。

在mall裡面，也經常可以看到一個沙籍女人，旁邊跟著兩個菲律賓或是馬來籍女僕幫她提包包。而那包包通常跟手掌一樣小。所以非常非常的好認，那絕對是僕人。

在這裡我只報喜不報憂，很多我的心酸、被同事欺負、被阿拉瞧不起，或是當外籍機師的心酸，我都放在肚子裡。這裡的故事你們嘻嘻哈哈看完笑過去，卻是我的生活點滴，下次遇到詹姆士時記得多給我鼓勵啊。

我跟Steve輪流站崗看比基尼辣妹

我們公司非常的有錢，老闆似乎也不太在意錢怎樣被浪費。舉例來說，我們這批機長來到這裡都已經三個月了，公司卻不太管我們。把我們晾在這裡每天什麼事都不用做，連公司都不用進去報到，每天待在飯店裡頭吃自助餐、游泳、健身、打球，等著公司安排我們訓練。

公司怎麼個有錢法我再舉例，我剛來時住在Marriott Hotel，這是一間國際知名連鎖的五星級飯店，一晚要價要將近300塊美金。我曾經休一個月假回台灣，飯店的房間沒退房，公司也毫不care，所以我現在累積了不少這家飯店的會員點數。

每個來這裡的機長都有著不同的合約，例如我的合約是6 weeks ON，3 weeks OFF，每上一個半月休息三個星期。也有的是8 week ON，2 weeks OFF。最好的合約是上35天班，休30天。第一批被招募來的機長都屬於這種上一個月休一個月的班。而且這些第一批來的機長，當時公司飛機都還沒買進來就先招了他們，所以公司白白給了這些機長們半年的薪水，讓他們待在自己的國家。

講到這我就滿肚子遺憾，當年我考上了日本的JAL（日本航空）航空，JAL還跟我說我是他們公司唯一的台灣機長，不過同一

沙烏地阿拉伯民航局

時間我也考上了印度跟現在阿拉伯這家航空公司。現在這家公司當時溝通不良認爲我的執照有問題，就沒能來報到了，不然我可也是第一梯來這報到的機長。當年我見錢眼開，印度給了我一個月$16000美金的薪水，讓我居然笨到把JAL給拒絕了。繞了一圈，現在還是又回到了這裡，唉！

公司爲了方便前艙的機師以及後艙的空服員，早在一兩年前就開始著手蓋自己的社區，我們叫做NAS Compound（社區）。就在我進公司的四個月後，公司的社區完工了，公司開始讓我們大家選擇要住飯店還是要住到公司自己蓋的社區裡。公司的社區，從外觀看起來活像是個軍營或是監牢，四周是圍牆，圍牆上有鐵絲網，大門口有警衛站崗查哨，看起來很可怕，但事實上在利雅德的每一棟Compound（社區）都是長的這樣的。這樣的設計其實爲的是保護裡面居住的人，因爲在90年代時曾有過美軍家屬所住的社區，被自殺炸彈客攻擊的恐怖事件。

這個NAS Compound，從外面看起來雖像監牢，裡面卻是人間天堂哩！怎麼說呢？這小小的社區，裡面有健身房、有速食店、有洗衣店，還有便利商店，每天下午兩點公司還會派車帶人去shopping mall逛街。最重要的是，這Compound裡頭有個游泳池，我們公司這些埃及以及摩洛哥的美女們，平時在外被壓抑著，必須全身包緊緊才能出門，於是在社區裡這個沒大人管的自治小天堂，一逮到機會就穿著比基尼在這裡曬太陽。而且穿得一個比一個性感曝露，有時可以看到她們會爲彼此往背上抹防曬油。歐買尬！簡直是男人的幻想嘛！然而這可是我每天飯後的live show時間哩。

我的室友Capt. Steve，是個紐約黑人。我倆在印度時就認識了，他是我在印度Paramount Airways工作時的老戰友。我倆在印度時就常常一起出去鬼混，我第一次到印度舞廳活像台灣五〇年代夜總會的舞廳，就是他帶我去的。我比他先來到利雅德三個月，他當時死撐在印度不來的原因，是因爲他在印度認識了女孩結了婚。不過也就在我們大家紛紛逃離印度後，他也逃不過離婚的命運，來到了這裡。

我跟我的室友Capt. Steve特別選了一間只要打開窗戶就可以看到游泳池的房間，每天下午我倆都會輪流值班盯著窗外，只要比基尼女郎出現，我倆就會以迅雷不及掩耳的速度奔向游泳池去，哈哈。

在阿拉伯時我和Stevy每天盯著看的泳池

講到阿拉伯的美女，那眞是經典，尤其是摩洛哥美女更是經典中的經典。怎麼說呢？我想在她們的字典裡應該沒有所謂「點到爲止」、「輕描淡寫」或「適可而止」這些字眼，所有東西一定要數大便是美，發揮到極限爲止。例如化妝，就一定要把整張唱國劇花旦用的臉譜面具畫在臉上，也許是因爲平常穿黑色僵屍裝全身包得密不通風，唯一露出一張臉，當然要把十成功力都用在上面了。

她們化妝都有一貫的公式：粉一定要塗得比辦公室牆壁還白，整張臉無暇到像假的一樣，眼睛一定要用很粗的眼線整個框起來像被打成黑輪一樣，腮紅一定要刷到讓你一眼就看到無法忽視它的存在，嘴唇一定要用桃紅色刷成油滋滋的香腸嘴才肯罷休，整個看起來就很像早期老牌A片女星的扮像。而她們這經典

濃妝豔抹的摩洛哥女

的look也成爲她們的招牌。因爲每張臉都長得一樣，只要你在外面看到這種臉，百分之百就是摩女。那……遇到要蒙面怎麼辦？阿拉伯女還是有辦法賣弄風騷，就是噴上半罐的香水，濃到讓你在五公尺外就聞香……而逃！眞的是太濃太濃了，但也眞不得不佩服她們的精神，讚！

在這裡的日子，每天就是看比基尼妹，不然就是和當年在印度的老戰友們，肯亞籍的Miriti、厄爾瓜多籍的Marcos，以及紐約黑人Steve混在一起。

有一天，我正望著窗外對著游泳池守望相助時，Capt. Steve忽然興沖沖跑來跟我講，我們終於有機會可以離開這個鬼地方了。他收到一封郵件，告訴他現在「利比亞」有個工作機會，有間石油公司的專機需要機師每天載他們工程師去油田，然後下班再載他們回來。換句話說，一天只要飛兩趟，而這工作是one month On,one month Off（上一個月休一個月），薪水$12000美金，而休假那一個月錢照領！

我很好奇，那這公司之前的飛行員們勒？探聽之下才知道，原本這公司有八位機長，其中六位是英國人，前陣子不知道什麼原因，利比亞跟英國的關係出了問題，利比亞領導狂人格達費二話不說，半夜派人破門直接把這六位英國籍機長抓進大牢for no reason。這六位英國機長就這樣被關在大牢裡一個月，直到英國用外交手段把人保了回去。我們還問到這公司的飛行員搭交通車到機場飛行時，前後都有持槍的武裝部隊保護，至於上網必須使用衛星網路。

雖是環境這樣惡劣，但是不知道是什麼原因，這工作還是喚起了我內心深處小惡魔，可能是我內心深處總是存在著一顆想要挑戰、不安定的心。我跟Capt. Steve立刻動筆寄了申請表過去。才沒過幾天Capt. Steve先收到了通知，要他去辦利比亞簽證，當大家都還沉浸在Capt. Steve要去利比亞的歡樂中時，沒想到Capt. Steve的簽證申請被拒絕了，原因是因爲美國在數年前曾經轟炸過利比亞，所以現在美國人是不被允許拿利比亞簽證的。

而在我兄弟Steve被拒簽後我也收到了通知，不過我後來也因爲申請簽證的流程太過繁瑣，而讓我去利比亞飛行的計劃胎死腹中。不過直到現在，我們還有位一起在印度飛行時的戰友巴西籍的Capt. Riera在利比亞飛行，不知道最近利比亞的政變對他有沒有影響？

我與Capt.Steve同住的房子

我是超級賽亞人之空中飛人教戰守則

由於受訓的檔期一直無法排下來，我們這些米蟲機長就過了將近兩個多月無所事事的悠閒日子。每天曬日光浴曬到脫皮，看比基尼妹看到長針眼，打羽毛球打到手抽筋，逛瞎拼mall逛到腳長水泡……

終於有一天，當我正躺在游泳池邊，盯著天空發呆時，突然手機響起，一看是公司打來的。我一接起來，是總機長Mr. Rafik：「Good afternoon！captain James, you will be having your training course starting on 21th April, please come to the office to take your documents and arrange your ticket.」（大略意思：我必須馬上進公司）

於是，我跳上交通車，到公司去，心想著：領閒錢當米蟲的日子要結束了啊！

公司錢太多，像散財童子一樣到處把我們往外面送，由於我有美國簽證，這次受訓就被送往在美國聖路易St. Loius的模擬機訓練中心，Capt. Miriti我的肯亞兄弟就被送去瑞士受訓。

但由於距離受訓的檔期還有十幾天，所以我就先開票偷偷溜到波特蘭去滑個幾道雪，度個小月開個小差，哈哈！不過，這趟美國行可真是破了我個人生涯最「長」搭機記錄，航程共計36小時，經過五個機場：利雅德（沙烏地阿拉伯）－法蘭克福（德國）－芝加哥（美國）－明尼拿波里斯（美國）－波特蘭（美國學飛行老家）。

半夜兩點德航的班機由首站「利雅德」起飛，搭了七個半小時，凌晨六點到了德國法蘭克福，要等到下午兩點半再搭聯合航空的飛機，飛十小時到美國芝加哥，之後再等四小時轉機時間，搭美國大陸航空，飛兩個小時國內線到明尼拿波里斯，等三小時後再轉西北航空，搭四個半小時到目的地——波特蘭。

到了利雅德機場check in行李時，櫃檯德航的員工就跟我說：「先生，我沒處理過轉這麼多點的行李耶，好像規定只能轉三個點喔？我幫你請我們場站經理處理好了！」就這樣場站經理來了，也說了同樣的話，最後還補了一句：「先生，沒看過人要搭36小時飛機的耶！行李我可以幫你掛掛看，但是不保證收得到喔！」

我心裡OS：「哪有這回事的啦！飛機都還沒離開就先預告我行李要掉了，也太有效率太悲情了吧？」我後來發現，原來行李只能轉機三個點的原因是，掛行李的行李條上（有條碼那貼紙），最多只能印三個機場，所以地勤也抱著嘗試的心態在我行李箱上面掛了兩條的行李條。

終於手續辦好了，看著我的行李被送上輸送帶，就要踏上多變的旅程，心裡還眞是不踏實。看了一下座位，36D，是個中間的走道位，在check in的時候，和地勤確認過航班並不滿，所以拿了一個可以躺平睡的爽位，可以好好養精蓄銳。

【守則一】

和地勤確認航班訂位狀態，拗到至少三到四格整排的座位，以降低「落枕」的風險。

【守則二】

千萬不要坐最後一排！

可不是所有整排的座位都可以讓你夜夜安一覺到落地，如果你的耳朵很敏感，那麼坐到最後一排絕對會讓你生不如死。

機艙的尾端靠近galley（空中廚房），有三大噪音：

第一：空服員開關餐車，運作垃圾壓縮機的聲音源源不絕於耳。

第二：洗手間超強力沖水聲。

第三：空服員的八卦對話聲。

正當你處於半夢半醒的彌留狀態時，耳邊傳來空服員彼此分享情史，講述誰又被男友劈腿的八卦，你越想充耳不聞，耳朵就自己越張越大，越聽越仔細。

【守則三】

當航班半滿不滿時，有時會有人厚臉皮跑來找你「靠燒」（台語），坐你旁邊靠著取暖，爲預防這種情形發生，在好不容易拗到整排睡覺位後，千萬要記得「宣示主權」例如用自己的私人物品或鋪好毯子之類的先占好，辦法相信大家都知道，就不用我多說了！

Anyways，飛了將近八個小時，到了法蘭克福，想到航程還有三段to be continue就已經開始累了。這是我第一次搭德航的飛機，還記得十年多前學飛行時就一直對德國人沒啥好印象，應該說是非常痛恨德國人，所以在前面的文章裡，我都管他們叫「阿德」。

但這次的搭機經驗居然讓我印象非常深刻！整台飛機乾淨的跟全新的一樣，德國人靜靜的坐在位子上不吵不鬧，走道上別說是報紙或塑膠袋，連所謂的小紙屑都看不到。上完廁所馬桶蓋都放下來，洗臉盆用衛生紙擦得乾乾淨淨，害我也得緊張兮兮地有樣學樣，上完廁所也乖乖地抹乾淨，免得人家說我們「阿華」不愛乾淨！

我常常說搭哪個國家航空公司的飛機，就可以知道那個國家的國民素養。例如搭華籍的，整架飛機一定是非常喧鬧；搭日籍的，日本人一定每個討酒喝，還喝得醉醺醺的；又例如搭阿三的飛機，整台飛機一定是髒的、臭的，像被龍捲風吹過或被海嘯侵襲過、亂的！

等了七個多小時的轉機時間，下一站－Chicago（芝加哥）。好不容易拿到登機證想趕快到座位上擺平，但這次可沒那麼幸運有睡覺位，好家在地勤知道我是組員身分，給了我一個可以伸腳的逃生門「相親位」。

【守則四】

如果你有空姐強迫症，超哈空服員，不把一下空姐不行，那這個逃生門的位置絕對是搭訕、要電話的hot spot。

飛機的主要逃生門位置，一定都會設有空服員的座位，在飛機起飛後跟降落前，有一段空檔等待時間，空服員會坐在他的位置上閒閒沒事做，有的時候climb了老半天機長也沒給指示release，或是decent了半小時還不落地，空姐只能看著窗外發呆或玩手指頭，這時候如果有個型男來搭訕，通常空姐都會很樂意跟你聊上幾句，相談甚歡的話，抓準時機遞上名片或交換個facebook，我有幾個朋友就眞的在「相親椅」「煞」到對方，看對眼了步入禮堂的。

之前提到最後一排不能坐，那第一排呢？最好不要！你或許想說第一排第一個被服務，又可以第一個衝下飛機去趕下一趟航班，更不用擔心前面的人倒椅背到極限壓迫得你呼吸困難，似乎好處多多。

運氣好的時候的確如此，但別忘了，第一排的位置會有嬰兒床的架設點，所以與baby爲鄰的機率相當大。嬰兒最拿手的就是吃喝拉撒睡，又屬「拉」跟「睡」爲最。如果你幸運的話，你遇到的baby會從頭睡到尾，不吵也不鬧，但不保證不會遇到他挫青屎要換尿片。有些沒有公德心的父母會直接給你在cabin大喇喇地上演換尿片計，我就遇到過……很多次，只好使出龜息大法，一直閉氣。

【守則五】

如果你不想受音波功摧殘你的耳膜，最好離嬰兒遠一點。

【守則六】

游泳選手用超防水耳塞，或是高級耳罩式隔音耳機，保證將你帶到無聲的眞空境界，絕對是值得投資、居家旅行的必備良伴！

唉，講了這麼多，搞得好像搭飛機像要上戰場一樣，你只是坐在那裡好像在休息，事實上你的每一吋肌肉都在掙扎叫痛。別看空服員在那裏走來走去忙進忙出服務客人，很辛苦的樣子，事實上我常聽她們告訴我，其實當客人一直坐著才累，此話不假！我自己每天坐駕駛艙，一坐就是好幾個小時，那眞是非人哉的苦差事。

折騰了兩天一夜，經歷了兩次日出，兩次日落，好不容易活著捱到了波特蘭，起身時屁屁也早已裂成了好幾半，痔瘡該破的也破了，小命也去了半條。搭了36小時飛機到達波特蘭時已經晚上11點半。

提起我最後的一點點力氣去等行李，等了老半天，眼見都下得差不多了，大家也都拿完了，心裡早就有預感八成是掉了，心情就像被女朋友放鴿子一樣，只好默默接受，「She's not coming」（行李不來了）的事實。

帶著殘缺的心，拖著疲憊的身軀，身上穿的是飛行學生們愛心施捨的二手BVD子彈內褲，套的是三花牌保暖衛生衣，這漫長的「搭機馬拉松」終於畫下了句點。

中東卡達航空空服員制服

Chapter 5

中國大陸篇

飛翔在祖國的藍天上

Chinese mainland

我是住在迪斯可裡的釘子戶

暨台灣、印度、沙烏地阿拉伯後，大家一定很好奇詹姆士到底去了什麼地方？其實看到標題就知道我現在已經回歸到祖國的懷抱了。

網誌一拖又是一年沒寫，實在是我待過的國家對網路都不太友善。首先，印度雖有網路，但是網路不穩，斷訊的頻率跟孕婦跑廁所的次數一樣。再加上每天固定停電，停電就等於停網路。

後來我逃難到了沙烏地阿拉伯，阿拉伯鎖任何有關色情的網址，寧可錯鎖一萬，不能放過一個。造成很多網頁都不能開，網路也等於零。

至於現在又流浪到了中國大陸，待過大陸的父老兄弟姐妹親朋好友們都知道，中國大陸封鎖網路，舉凡無名、奇摩、facebook，google等等，任何會影響社會善良風俗、嚴重導致思想行為偏差、對黨或國家造成負面影響的網頁，都鎖！

不過話說回來，自從Facebook開始風靡後，玩部落格的人就漸漸少了，人與人之間的交流全部都搬到facebook裡。像我這種藝人是需要活在掌聲之中的，缺少了掌聲自然也就懶懶的寫。真懷念早期每台電腦都發出「喔喔」的聲音，大家還在使用ICQ的年代。

屁話太多，大佬我現在人在大陸的深圳航空。通常只要是兄弟問我人在哪，我回答深圳航空，我的兄弟們似乎都會很自然的選擇沒聽到「航空」這兩個字，馬上提高語調高八度說：「深圳せ，很爽喔？」請教一下？大小跟北台灣一樣大的深圳，難道就該整個是華西街嗎？到底爽在哪裡啊？我現在住在宿舍裡，每天當宅男，宅在電腦前面。

大陸有超過25家以上的航空公司，深圳航空為全大陸第五大航空公司，擁有超過180架飛機。順序從第一到第五大分別為：南方航空（南航）、中國國際航空（國航）、東方航空（東航）、海南航空（海航）、深圳航空（深航）。而就在我09年加入深航不久後，深航就被國航給併購走了。就像我兄弟歐斯頓講的，我眞他媽帶賽，飛到哪不是公司倒了，就是老闆被抓走，不然就是公司被買走，唯一還沒易主的就剩老東家華信航空了，哈哈。

深航1993年成立時只有三架飛機，公司原本是賣鞋的，有天老闆打高爾夫球時被人嗆聲：「有本事搞家航空公司啊！」結果老闆一不作二不休……深圳航空就是在這樣的環境下誕生的。

深圳航空的基地在寶安，就在寶安機場旁邊。寶安是工業區，這一區除了工人、流氓、小偷、要飯的，沒有其他人了，要搭車到深圳市至少還要一個小時，所以請別再說我很爽了，好嗎？

剛剛說到公司的基地在寶安，會說是基地，因為公司很大，像個營區。裡面有很多辦公樓、有籃球場、有三個餐廳、有小型醫院、有商店、有招待所、有男生以及女生宿舍。三不五時還會聽到部隊唱歌答數聲（因為空警在這裡訓練）。新來的空服員也是如此訓練，每天要跑步唱歌答數，進公司洽公的人要是不說，會眞的以為進到共軍營區喔。

再談到宿舍樓，宿舍是一棟八樓的電梯大樓，活像個破爛的電梯飯店。一樓入口處坐了個公安，每一層樓大概有二、三十間房吧，宿舍樓裡住著機務、空警（空中的保安，戒嚴時期的飛機上華航也有配置）、小飛（剛從國外學完飛行回來的學員），還有我（死賴著不走的機長）。除了小飛兩人一間房外，其餘都是四個人一間房，想像一下四個大男人擠在一間不到八坪大的房間裡……我算運氣好，去年剛進公司時從學長那拗到一間房，公司優待機長一人一間，答應讓我住到完訓。完訓時大家都搬走了，只剩我還賴在這裡當釘子戶！

因為寶安是工業區啥都沒有，沒生活沒自由，沒有都市的熱鬧，也不能帶女性到宿舍過夜。我會選擇留在宿舍跟公司拼了的原因是，住到市區上每天下班都要花一小時，就像是台北到南崁一樣，住在公司每天可以多睡一個小時。另外公司餐廳那麼多，下樓就有飯吃，所以選擇留下當釘子戶。

不過現在公司宿舍吃緊，今年預計有300個小飛要從國外回來，所以公司每個月都會列出一份庶清名單，強迫賴在宿舍不走的釘子戶（例如我）搬走。所以現在飛行時我都會開玩笑的說：我現在每天活在恐懼之中，深怕哪天一回宿舍，家當都被丟到門外了——這絕對不是不可能的喔。

宿舍的限制其實很多……不能用熱得快（電湯匙），不能用吹風機，不能用熱水瓶，任何高電量產品都禁用。那公司怎麼知道你偷用勒？不要懷疑，沒錯，不定時公司會拿鑰匙自行開門進來查房，媽的，跟當兵一樣。

深航女生宿舍萬國旗

講那麼多噁心的規矩，住宿舍到底有沒有好處啊？大家要知道，深圳航空的空姐是全大陸票選第一名漂亮的喔。我每天上班飛行都覺得是跟一群凱渥的model一塊飛行。

說回宿舍，我們男生宿舍對面就是女生宿舍，距離不到十公尺。因爲公司沒有烘乾機，所以所有人都會把洗好性感的五顏六色內衣內褲全曬在陽台，從我們男生宿舍看過去實在養眼，我稱這景象爲「萬國旗」。

很可惜我住在面對女生宿舍的另一面，面對的不是萬國旗，而是24小時裝卸貨物的貨運站。這可惡的貨運站就在我房間正前面，而正前面的路不平凹了一個大洞，每輛開進來的貨車、聯結車經過這都會發出至少100分貝的「悾控」聲響，我經常半夜會被這聲響嚇醒。

更誇張的是，因爲路面不平，貨運站爲了提醒司機，就在這路口放了一個類似警車車頂上的紅藍LED發光警示燈。這她媽的警示燈，一到晚上紅藍燈光閃爍交叉映入我房間。搞得我房間活像個「迪私可（Disco）舞廳」，再加上卡車的喇叭當DJ配樂，眞是活要了我的老命。我最多就是心情不好時，到電梯口望著對面女生宿舍的萬國旗發一下呆幻想一下囉。

深航美女空服員

我是宅男機長，活在*MSN*裡的男人

我在祖國的唯一娛樂就是「上網」。

每趟飛行乘務員總是會問我：「機長你住在哪裡啊？」我回答：「公司宿舍。」大家總是會撐大眼睛，用不可思議的眼神瞪著我。而我總要跟他們解釋：「我又不抽菸、不喝酒、不把妹、不跳舞，住在外面幹什麼？我只要有網路就可以活下去。」通常這時候乘務員又會再追問：「機長，那你都在網路幹啥啊？」我說：「我的朋友們都住在網路裡面，要聯絡朋友只能透過網路咩，我在這裡又沒啥朋友，只要有Facebook，有MSN，我就有朋友的溫暖。」久而久之這裡的乘務員們都管我叫「宅男機長」。

附帶一提，在大陸是不用MSN的，跟大陸人講MSN很少人聽得懂，在這裡大家都是用QQ（類似MSN的通訊軟體）。

之前提到過，公司宿舍目前房間數非常吃緊，公司於是無所不用其極，逼迫我們搬出去。除了每個月列出肅清名單「黑五類」外，還會搞一些很卑鄙的小手段。

例如，前陣子適逢四年一度的世界杯足球賽，公司居然毫無預警的把電視cable給切了。想要看世界杯的只有兩條路：一是搬出去，二是繳三、四千塊的押金跟每個月昂貴的收視費，裝所謂的機頂盒（機上盒）。公司這樣一搞，居然也又搞走了幾個瘋狂球迷。

我可就災情慘重了，來宿舍半年多來電視機沒開過一次，就連電視機是好的壞的我都不知道，為了看這世界杯害我也跟公司妥協，裝了昂貴的機頂盒。想當然爾，世足過後一直到現在，我電視機再也沒有開過了。

我們公司簡直跟梅花鹿一樣，什麼不多，「點」子最多。上個月開始，公司又想出新點子，把我們宿舍的網路給鎖頻寬，速度變成15年前還在用撥接上網56K一樣，鎖頻寬不夠，再尬一個鎖PING碼。這樣一搞，住在宿舍的人都只能夠上公司內網而已了，這樣一搞也又多搞掉了一些副駕駛。

深航美女座艙長

剛說過我可以活在沒有電視、沒有朋友、沒有500G A片、沒有妹妹的地方。但是我不能活在沒有網路的世界啊！就在我差一點跟公司妥協的時候，有小飛密報，說可以在宿舍偷接外面「中國通信」（中國最大的電訊公司）的寬帶（寬頻網路）。真可謂是上有政策，下有對策。

於是我花了每個月1500塊台票左右的錢裝了12M的寬帶網路，哈哈，值得。現在我又要開始著手想，下次公司又要搞什麼怪點子讓我這釘子戶搬出去了。

公司的怪點子，還包含了每天要飛行前的「網上準備工作」，只要是隔天有飛行任務的組員，在前一天就必須登錄公司的內網，執行一個叫做「網上準備」的課題。登錄後有很多頁面，每個頁面都要一項一項的作答，而且每一頁都有規定時間，時間超過了才能按下一頁進入下一頁的準備。

例如第一頁會問你身體狀況，有沒有感冒發燒受驚嚇挫青屎之類。接下來的幾個頁面包含了隔天執行任務機場的天氣、公告、機場圖、進離場航圖等等。再來是飛機維修狀況、FOQA、公司內部公告；到了最後一個頁面——重頭戲來了——「飛機系統問答」。每天飛行前都要做這考試，眞是要命。每次這樣一搞下來至少要花20分鐘以上。有時候半夜或凌晨落地還要接隔天的班，一回到宿舍就必須趕緊開電腦作答。不過你也可以說深航的飛行員素質眞的很高，江湖上都在流傳著，說深航就是大陸的長榮。我個人覺得眞的是有過之而無不及啊。

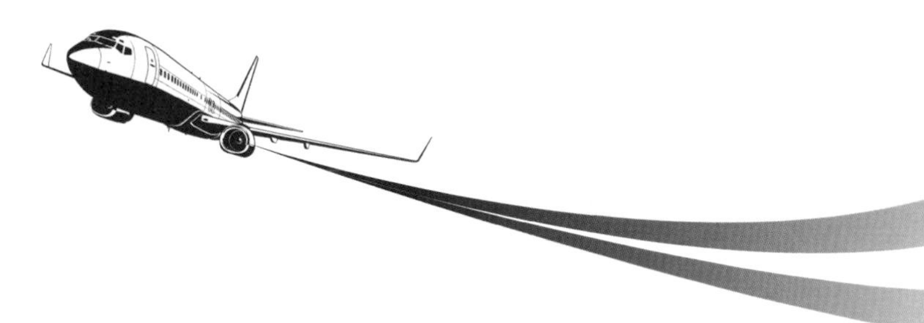

我是堅守四行倉庫的勇者

前陣子休了將近一個月的大假，話說離開沙烏地阿拉伯到了深圳航空算一算也超過一年了，在這裡飛行最痛苦、最無奈、最煎熬、最無法忍受的一件事，就是每次客人登完機，跟塔台申請放行許可後，待在窄小駕駛艙裡毫無止盡的等待。

這裡飛機要申請放行許可，一般來說基本消費起跳就是一小時，兩小時內飛機能後推順利起飛算是正常。經常載著滿滿客人在飛機上等個三、四小時是常有的事。大佬我現在這樣講，你們一定怎樣都無法想像，無法接受這樣的事實。但是限量是殘酷的，試著想一想，全台北市的車都要上建國高架橋，但是上建國的閘道就那麼幾條，車子怎麼擠得上去？這時就必須要流量控制。飛行也是一模一樣的道理。

這幾年大陸航空市場發展太快，飛機數量爆增，而空中的航路跟航道並沒有增加，所以在地面上要申請飛行許可時就必須大家掛號，照排隊上路。再試著想想，一上飛機跟塔台掛號，申請放行許可後，塔台回答：「深圳9985，現在你是第80號！」80號セ，5分鐘放一下飛機起飛，也

我的歷年機長證件

要400分鐘，六個半小時了，這還不包括進場的飛機，以及航路上航管的流量控制。在這裡還經常性會聽到：「北京現在不接受任何飛機了。」飛機多到不接受了せ，你就開始從早上坐在飛機上等吧！

在世界上任何國家的機場認爲不可思議的事，在大陸順理成章都變成理所當然了。我曾經異想天開的想著，想把我在美國學飛行時的無線電（火腿）帶來這裡，以後每趟飛行要出公司大門前，就先用自己的無線電跟塔台掛號要放行許可，嘿嘿。

前陣子，公司內網有個新公告，表揚了一些剛下飛行部但是還沒開始飛的菜鳥副駕駛。心裡覺得很奇怪，公司怎麼會突然表揚那麼多副駕駛？一打聽之下才知道，原來上星期深圳機場流量控制太嚴重了。公司上有政策下有對策，先讓所有機組人員上飛機，上了飛機之後立刻申請放行許可，申請完放行許可之後再把組員送回公司休息，留下悲情、可憐、無助的菜鳥副駕駛一個人在飛機上死守四行倉庫、堅守無線電。等數小時之後，塔台通知有放行的時間時，副駕駛再打電話回公司通知機長跟乘務員，我們再回飛機上。夠阿信吧！

唉～我的印度、沙烏地阿拉伯、中國大陸，眞的是讀萬卷書不如行萬里路，行萬里路不如換幾家公司。

註：機組不上飛機是不能申請放行許可的，申請放行許可後無線電必須隨時保持有監聽，所以必須有人在飛機上等著。

在大陸飛行，還有一點令我百思而不得其解，據了解……是中國大陸民航局對於飛行安全要求相當嚴格的緣故，有些飛行員只要見到雲，見到大雨就不飛了。老外們都以爲大陸飛行員是VFR Pilot（目視飛行員）。

飛了這麼多年，只有在大陸——機場天氣好的不得了，但是起飛後可能會有雷雨雲，飛機就不用起飛了，塔台直接把機場給關閉。要是以大陸機場的標準，我在印度雨季飛行時，沒有一班飛機是可以起飛跟落地的。

我在印度梅雨季節飛行時，每一趟下的雨都大五倍，而且一天要落六個落地跟起飛。每一個起飛跟落地就像汽車開180公里在下雨的高速公路一樣，茫茫渣渣的，每個飛行員還是飛得爽爽的，也沒啥飛安意外發生。

另外，大家都知道飛機上有氣象雷達，氣象雷達一般規定進跑道後才會打開，落地後就會馬上關掉。原因是爲了避免飛機在機場滑行時開著雷達，輻射線會照到前後飛機上的人、地面上的工作人員或是登機旅客（氣象雷達輻射線證實是有害的）。但是在大陸機場，有些飛行員引擎啓動後，飛機還在地面滑行時就會把氣象雷達打開，我不太懂，滑行時開氣象雷達是要照誰？有什麼東西硬是要急著在滑行時照不可？

照片右邊那位是我美國飛行學校總裁Houston Hickenbottom沒有他就沒有今日的我，瘋狂詹姆士的封號就是他當年因為我大膽、做了很多瘋狂的事被我氣到爆炸的情況下取的

衰神散去急急如律令

今天上飛機，一申請許可又是要等，而且是漫無止境的等。等了半個多小時後，大家都不耐煩了，乘務長也一直進駕駛艙來問到底還有多久才能走，況且今天還多帶一個學員，駕駛艙擠了三個人！

等了一個小時之後，我說：「看來只有使出殺手鐧了，這招一定成功！」

大家當然是滿臉迷惑？甚麼鬼絕招咩？

我說：「快點叫乘務員幫我送餐開飯，把餐送進來。」

這時大家更是滿臉問號？

我說：「每次只要延誤，時間太久，我通常會先開餐！很可惡的是，每次不開餐就算了，每次只要一開餐，剛夾塊肉要放進嘴裏，航管就會許可我後推，眞他媽的很可惡！」

這話講完，大家都滿臉不可置信的表情，連乘務長都不相信。我連忙保證說屢試不爽，因爲我有衰神上身……

座艙長抱著半信半疑的態度，隨即把我的組員餐送進來。餐盤才剛拿到手上，還沒準備要開餐具，無線電那端就傳來「深航9927許可後推」……見鬼了咧！

今天本來執行的任務是從深圳飛往昆明，起飛後快一個小時時，突然廣州區域的航空管制員通知我們：「深航9823昆明機場現在天氣不好無法落地，請連絡公司簽派看是不是需要返航或轉降其他機場。」

廣州區域航管話剛說完，我們一機艙的人都在想：「不會那麼背吧？剛剛飛行前天氣還都正常啊，晴空萬里天氣好得不得了，怎麼這下跟女人一樣說變就變咧？脾氣還差到機場都要關閉了。」

我們一夥人就在飛機上用電報打了昆明的天氣出來看，昆明天氣一切都正常啊……沒辦法，只好連絡公司了。公司居然說，機務過夜的檢查沒做完，要我們立刻返航！當下我們也覺得奇怪？不就是忘了檢查咩，機務紀錄本也都簽字了，理論上也都正常合法放行了，沒必要返航吧？

想時遲那時快，廣州航管很果斷堅決要我們馬上返航回深圳，之後甚至還把所有在空域裡的飛機清空讓我們能夠優先飛行。而且每換一個管制區域，新的管制員就問我們一次「現在狀況好不好？」「需不需要立刻的幫助？」每個航管問完一次，我就在飛機上幹喬一次：「智障喔！老子現在飛的爽爽的，飛機哪有問題啦，馬的！」

因爲是空中返航，飛機沒有把原本該耗掉的油量消耗掉，所以落地時的重量會超重，因此我們還在空中多繞了20分鐘來耗油。

最後飛機終於落了地，落地後一堆車子圍繞到我飛機旁邊，各個單位都有，感覺像演HBO電影一樣。連民航局的官員也來拍照，公司機務的領導也來了，平時看不到以爲不存在的人，能來的全都來了！哇賽，陣仗眞大！

原本我們以爲只是飛機例行的過夜檢查沒做完而已，後來搞了一個多小時把飛機弄好，又重新起飛到昆明去。晚上回到家後公司才打來說：「你們今天沒出事眞是不幸中大幸！昨晚機務維修發動機時，固定發動機高壓段的螺絲忘了鎖，這在空中會造成發動機起火，最後導致發動機脫離……」我的老天爺啊！這麼嚴重居然不早講，至少讓我在空中可以多念幾遍阿彌陀佛吧！害我還在空中耗油多繞了20分鐘耶，早知道就趕緊落地了嘛。

而公司居然怕空中其他的航機知道我們狀況還叫聯合航管騙我們昆明天氣不好，眞的是……

以前只聽過飛機出問題時航空公司唬爛乘客的，現在居然連機長都敢騙，呿！

明天休一天假回台北吃豬腳麵線，拜拜諸神佛，希望衰神離我遠點。

與飛機合影

副駕駛教戰守則（轉載自網路）

機長的要求就是我的追求，
機長的脾氣就是我的福氣，
機長的鼓勵就是我的動力，
機長的想法就是我的做法，
機長的酒量就是我的膽量，
機長的表情就是我的心情，
機長的嗜好就是我的愛好，
機長的意向就是我的方向，
機長的小蜜就是我的祕密，
機長的情人就是我的親人。

堅持做到：

1.機長沒來我先來，看看誰當主駕駛；
2.機長沒講我先講，聽聽耳機響不響；
3.機長講話我鼓掌，帶動機艙一片響；
4.機長吃飯我先嘗，看看飯菜涼不涼；
5.機長喝酒我來擋，誓把生命獻給黨；
6.機長睡覺我站崗，跟誰睡覺我不講。

認同馬屁文化！！堅持狗腿作風！！

Side story

番外篇

我真的是超級賽亞人

接下來這篇故事其實放在我網誌很久很久，而且是壓在箱底的，故事發生在多年前，我自己都已經忘記有多「賽」？

剛剛被熱心的朋友提醒，其實我「賽郎」不是一天兩天的事了，我這才恍然大悟……我的老天爺ㄚ，我眞的很「賽」！眞的能活到現在是祖上積德、有燒好香……阿彌陀佛！阿彌陀佛！

那天，如同往常一樣地到了加州健身房麻痺完自己，騎著我的小綿羊準備返回小弟位於延吉街上的新居。也正因爲是新居，所以對於附近的地形、地物、地況以及潛在的危險並不是那麼的熟悉，這對於一向吹毛求疵，處女座個性的我，實在是不應該。

但我萬萬也沒有想到這短短五分鐘回家的路程，卻種下了我未來兩個禮拜坐椅子只能坐二分之一板凳的悲慘命運啊！

話說我騎上小綿羊正迂迴在東區的羊腸小巷子裏，試圖尋找著最快的捷徑回家時，一隻埋伏在不知名卡車底下，長相極度噁爛的黑色大土狗，也正在尋找牠今晚健身的對象。

說時遲那時快！車子經過一個路口，才剛放慢了速度，牠就冷不防的殺出來，以「咬」人不及掩耳的速度往我屁股靠近大腿處狠很的「啃」了一口，彷彿小弟我上輩子咬過牠似的。

哇咧！眞的粉痛……但是一旁還有路人甲乙丙丁在觀戰，所以我忍著痛，拖著牠的嘴巴行進了幾公尺後牠才願意「放我生」。

媽的咧，要不是我穿短褲，怕下來單挑會傷到要害，不然我早下車跟牠拼命了。

最後，我回到家樓下的7-11，遇到熟悉的店員。

店員：你走路怎麼一跛一跛的啊？

我：幹！剛剛被狗咬……

店員：眞的假的ㄚ？被狗咬？

我：不信你看（於是我翻起了褲子，此時路人甲也靠了過來）

店員：咦，眞的被狗咬ㄝ！

路人甲：少年ㄝ，你艾去打破傷風嘎狂犬病！摩你ㄟ細喔！我摩嘎你騙！

店員：幹！你眞的很衰ㄝ，我看你還是去看一下醫生好了，掛個急診。

路人甲：丟啦、丟啦！緊去、緊去！

於是乎，我馬上轉戰到一間位於忠孝東路上SOGO旁的私人醫院，以下是小弟進入急診室後的對話……

護士甲：先生，你很急嗎？這裏是急診室喔！

我：廢話，我當然急，不然我來急診室幹嘛啊。

護士甲：喔！那你怎麼了啊？

我：我被狗咬……

護士甲乙丙：大笑！先生，你不要開玩笑好不好？

我：我看起來像是來這裡說相聲的嗎？（此時所有在場人士表情略轉嚴肅起來）

我心想：媽的！你們是不懂「同情」兩個字怎麼寫喔？

護士甲：那你被咬到哪裡啊？

我：喔……左邊屁股靠近大腿的地方啦！

護士甲：嗯，我看看……（我立即撩起了左邊短褲至傷口處）

護士甲：咦，眞的是被狗咬的せ！

我心想：廢話，難道是被妳咬ㄚ？

護士甲：你一定是欺負那隻狗厚？不然牠怎麼會咬你ㄋ？

我：媽的！關我屁事啊？我怎麼知道牠爲什麼要咬我？我又不是牠。何況我這麼喜歡狗，我還有一隻玩具狗在我前女友那裡不還我，我想到都難過勒！不過、狗我是沒欺負過啦！女人倒是欺負過不少。嘻嘻……但被我欺負過的女人都還沒往生ㄚ，哪有可能投胎來報復我？

（此時護士甲還打了我一下頭，跟我裝曖昧）

護士甲：你欺負過女生喔？那你都怎麼欺負ㄚ？

我心想：媽的勒！我是來看病不是來談情說愛的せ，難道妳也想被我欺負看看嗎？（這時我馬上轉移話題）

我：小姐，是不是要打破傷風啦？要不要請醫生來？

護士乙：喔！沒錯，要打針！先去前面的櫃檯掛號。

（我急忙趕去夜間急診掛號櫃檯。靠！急診眞是貴，要$510元，好險身上沒零錢，櫃檯的好好先生幫我墊了10元，嘻嘻！爽！省10元可以買飲料。）

又回到了急診室，現場多出了一對老夫妻。

護士乙：被狗咬的回來了啦！

老夫：哪ㄟ去吼狗嘎？

護士丙：對啊，怪事年年有，今年特別多。

我心想：妳娘哩！被狗咬粉偉大是吧？要不要拿麥克風廣播啊？

（話剛說完，一位操著廣東混山地混ABC口音的中年大肚醫生出現）

醫生：被狗咬啊，哪裡？趴上去我看看……

（我趴上了病床）

醫生：嗯……狗咬的，我先消毒先；那你認不認識那隻狗ㄚ？跟牠熟不熟ㄋ？

我：我哪知啊？和牠第一次見面啦！剛碰面就咬我，不熟的啦。

醫生：那……牠主人ㄋ？

我：沒有主人啦！是野狗來的。

醫生：嗯！傷口不大但咬的很深ㄝ，那……再見到牠你認得牠嗎？

（此時醫生一副辦案的樣子，彷彿他忘了醫生的身分，可能晚上柯南看多了吧）

我：晚上太黑了我認不出來，充其量我只知道牠是隻噁爛的黑狗。醫生，你不要亂問好不好啦！

醫生：沒有啦！我只是要確定你下次遇到認得出來就可以躲

開了ㄚ！

我：格老子的！我下次不走那條路可以了吧？

醫生：好了，好了。等一下打一針破傷風。

我：那請教一下，不用打狂犬病嗎？

醫生：不用啦！等病發了再打……

我：可……可是……發作了再打可以嗎？

醫生：可以啦！而且我們這裡沒有狂犬病的針，你如果要打要去台大或馬偕之類的大醫院打。

我：是喔！可是狂犬病的針不是很普通嗎？怎麼會沒有ㄋ？

醫生：其實也不是沒有啦，是有庫存，但是要緊急時才能用的。

我：啊！我這樣被噁爛野狗咬不算緊急喔？

我心想：操！到了黑店。

（此時醫生不發一語的把傷口包紮好，護士乙拿了支針過來）

護士乙：把褲子脫下來。

我：什麼？打屁股的喔？

護士乙：打屁股，藥比較吃得進去啦……快把褲子脫了。

我：喔！啊妳常看人脫褲子我又不常脫褲子給別人看的，那……要脫到哪裡啦？

護士乙：脫到屁股。

（接下來我挨了一針，穿起褲子到護理台拿藥）

護士甲：先生，那你幫我們填個問卷好嗎？

我：喔！（我接下了問卷，看到的第一個問題就是：本院醫務人員對你症狀的解釋及回答夠清楚嗎？）

我：那不好意思再請教一下，如果我不幸中了狂犬病再打針眞的來得及嗎？

（幾個護士及醫生面有難色）

我：你們剛剛不是說等中標了再打還來得及嗎？好吧！好吧！那至少告訴我狂犬病的症狀吧！讓我回家後自己可以觀察啊？

（醫生及護士們互相看來看去）

醫生：發燒啦！嗯……嗯……

我：還有ㄋ？

護士丙：應該會怕水吧！

我心想：媽的，拎伯五告綏，被狗咬又遇到一堆蒙古護士及醫生。

我：好啦！好啦！我看你們還是把問卷拿回去好了，我不擅長說謊，這個我寫不下去的啦！等等我回家自己上網查一查好不好？下次告訴你們……

（最後，我拿了藥，騎著二分之一板凳的摩托車回家）

後記1

如何當個自訓機師

看完了我的飛行故事後，現在我要解釋如何當個自訓飛行員，以及到國外學飛行的流程及執照的種類。

我刻意把這篇文章放在本書最後一個章節，是希望讓讀者們先了解我了，再來了解如何當民航機師。

飛行員的種類，第一個來源是軍方退伍的機師。

第二個來源就是培訓機師：航空公司花錢把學生送到國外飛行學校學飛行，拿到飛行執照再回航空公司受訓。

第三種就是自訓機師：一般廣稱爲CPL機師（商用執照飛行員），自訓機師和培訓機師在國外念的是一樣的飛行學校，只是公費留學和自費留學的差異而已。不過還是有很多人花了一百多萬出國學飛行成爲自訓機師後，回台灣卻考不進航空公司，流浪在外面，成了流浪機師。

自訓機師回國找不到工作的，大都是因爲英文不好，另外一小撮是眞的飛得不好，很少會因爲體檢不通過，或其他因素不適任。

在民航局的航醫中心初次體檢需要兩天，通常自訓機師都會先去體檢，確定自己身體狀況沒問題後，才出國學飛行。但是我是特例，沒有這麼做。我是回國要去報考航空公司才去體檢，因爲我知道如果我體檢不過，家人就不會讓我出國學飛行了，所以我用賭的，我是吃了秤砣鐵了心，因爲我知道我就是想當飛行員。

我跟別人聊天或我教書到現在，很少遇到像我一樣的例子，萬一回來才發現體檢不過，等於是拿一百多萬去換一張沒有用的執照，不能找工作。所以學飛行前一定要先去體檢。

台灣的體檢很複雜很複雜，跟檢查太空人一樣，可是你知道美國的飛行員體檢有多簡單嗎？就只要五分鐘。就跟台灣去考汽車駕照的體檢一樣，走進去量一下身高體重，量一下視力看有沒有色盲，再驗一管尿看有沒有吸毒而已。所以台灣的航醫這點一直被人詬病。

事實上也有別的國家體檢很嚴格，但像台灣這麼誇張的實在很少。我也去過阿拉伯聯合大公國，到杜拜體檢，因爲我去報考阿酋航空，他們的體檢也算嚴格，弄了兩個小時，有抽血，但是沒像台灣一樣又是心電圖又是腦波，還要做性向測驗，還要爬階梯，跑履帶一些有的沒的，搞得很複雜，所以很多人在國外會擔心回來後會不會體檢這關過不了？

也有人問過我，身體不好可不可以學飛行？我說你想太多了！在國外根本和考汽車駕照沒兩樣，去量個身高體重你就能飛了，換句話說，如果只是想學「飛行」這件事，身體條件並不構成問題，但是如果想報考國內的航空公司找工作，就必須經過台灣航醫中心體檢的難關。

事實上我有很少部分的學生並不是爲了就業來學飛行，我就遇過一些有錢的學生，例如醫生，他們就是希望出國時能租個小飛機帶家人飛一飛，是學興趣的，對這些人來說台灣的體檢就沒有任何意義。

一般像我們這種自訓的飛行員，到國外有很多張飛行執照要考，其實是一關一關的，就像我們考汽車駕照。有了汽車駕照你想開計程車或大卡車，就要考職業駕照，就算有職業駕照，但因為想開的卡車噸數不同，所以就還要再去考分級的駕照。

考飛行員的執照也是如此。第一張執照叫PPL（私人飛行執照），這等於是汽車駕照，有了它你就可以開始載人飛行了，載親朋好友老爸老媽去飛行，飛好玩的沒有問題。但是你不能夠從事商業行為，所以我們要再考另一張執照叫CPL（商用飛行執照）。有這張執照你就可以從事商業飛行了。但是這兩張執照中間有張叫IR（儀器檢定），它事實上不是一張執照，而是考過以後可以在你的飛行執照後面加註一條，你是可以進行儀器飛行的。

我遇過有些學生問我，在國外飛行是不是要翻啊滾啊耍一些空軍特技，我通常回答：「你會不會想太多？從你到國外學飛行的第一天到打道回府，你的飛機不可能翻超過六十度。」還有些學生更好笑，問我上去要不要背降落傘？其實我出國前也問過別人同樣問題。哈哈！其實訓練用的是小飛機，根本不能拿來做那些空軍特技，我們甚至連雲都不能進去（除非有剛剛提的儀器檢定IR）。

私人執照我們叫做目視飛行，意思是你看得到才可以飛。所以天氣不好時不能飛，標準大約是：雲高要高於1000英呎，能見度必須低高於3英哩才可以飛行。

現在航空公司所飛的，並不是目視飛行，而是飛航道、航線、航路。台北到洛杉磯、東京，甚至台中到高雄都有固定的航道，而且隨時有航管人員在管制你，這個就叫做儀器飛行了。所以在PPL時你是目視飛行，心情好想去哪飛就去哪飛，但儀器飛行就不行，從你還沒起飛前就要跟航管連絡，到你要飛什麼高度，或下降時機航管都會告訴你，飛什麼航道都要完全遵照行管的指示去飛行，這就是IR（儀器檢定）。

接著就要拿CPL（商用執照）。商用執照又分兩種，單發動機和雙發動機飛機的商用執照。像737、747都是兩顆引擎以上的飛機，所以所有要回台灣找工作的學生，都必須要有一張雙引擎的商用飛行執照。

所以整個流程應該會是：先考PPL，接著考IR，再來考CPL。在CPL的課程中，你會先飛單發動機，再飛雙發動機。所以考試也是先考一張單發動機的商用執照，再考雙發動機的商用執照。

以上是標準程序，大家都是這樣考過來的，像約翰屈伏塔他有自己的737，他就不需要考CPL商用執照，因爲他不從事商用行爲。一張私人執照飛得爽爽的就好了。至於他需不需要IR跟飛機沒有關係，他本身會需要天氣不好時飛行嗎？

再講到，大家一定很懷疑飛行學校它到底是什麼樣的一個學校啊？我都跟學生們講，飛行學校它其實不是學校，所以千萬不要以爲它會像大家刻板印象裡的學校一樣，會有教務處、訓導處、甚至是校長室。其實你們只要把飛行學校想像成飛行駕訓班即可，就好像有點類似汽車駕訓班一樣。只不過規模大一點，學費貴很多如此而已。

一般汽車教練班所使用的教練車，不外乎手排的裕隆速利1.2，或是自排的裕隆March，而飛行學校當然也有所謂的教練機，就是雙人座的Cessna-152（西斯納152），而這Cessna-152已經停產了快30年。由於這飛機性能之好，安全性之高，在空中引擎失效了都可以很從容的找到地方慢慢飄降落地，安全指數甚高所以被廣泛使用到今日。

美國學飛行的管道太多，有些飛行學校的規模很大，有些只像間小小的Club，像個麵攤大的攤子坐在那邊，甚至有些擁有教官執照的人買一架飛機擺在機場，自己去登廣告招學生。

在美國有飛行執照租飛機就跟租車一樣簡單。所以才會有那些有錢的學生，拿一張終生的私人飛行執照，每次到美國就租飛機來飛，更有錢一點的拿執照甚至都沒意義，反正錢多每次租教練和飛機，讓教練帶你上去飛一飛就夠了，幹嘛那麼辛苦自己去學飛行課程。

學開飛機說穿了就跟學開車差不多，有什麼S型，倒車入庫，上坡起步這些有的沒的東西。只是在天空中而已。所以一開始學飛行我也是每天做些有的沒的科目。

至於考到CPL之後還有一個東西可以考，叫CFI（飛行教官執照）。考到教官執照就可以教學生，但是只能教PPL跟CPL的單發動機，不能教IR，所以還可以再考CFII，有CFII就可以教IR了，但是不能教雙發動機，所以還要再考一張MEI（雙發動機教官執照），到這裡就是最高境界。小弟不才，在美國的時候一路考到了CFI，CFII，MEI，MEII，謝謝！

這樣解釋希望大家對如何到國外考執照能有更進一步認識喔。

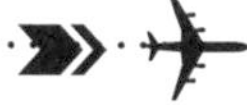

註：我從來沒說過學飛行很簡單，我只說過當名機師是件簡單的事，當然在學習過程中一定會遇到許多問題和困難。感覺現在景氣好了，學飛行的人也多了，卻變成樹大有枯枝、人多有白癡。不喜歡飛行，千萬不要去學飛，最後提醒想學飛的學生，一定要有正確的態度，希望你們都能成為好的飛行員。

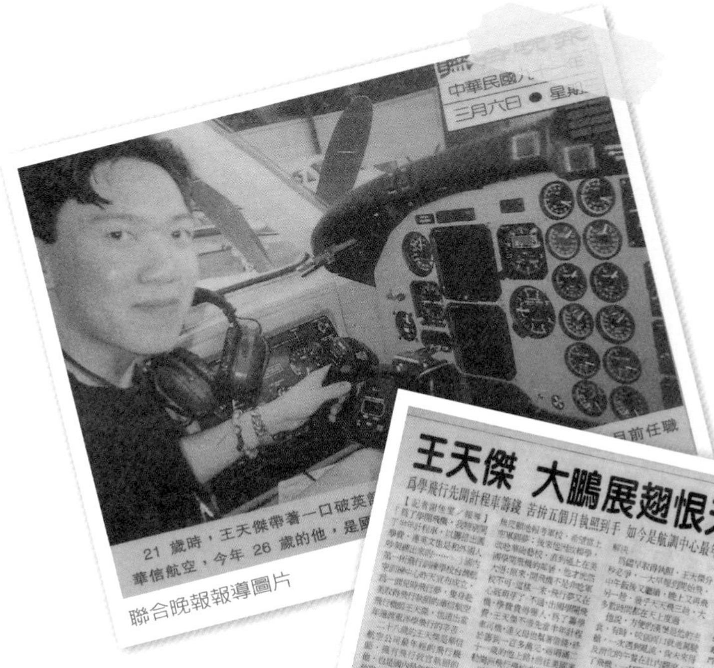
中華民國
三月六日 ● 星期
目前任職
21 歲時，王天傑帶著一口破英
華信航空，今年 26 歲的他，是國
聯合晚報報導圖片

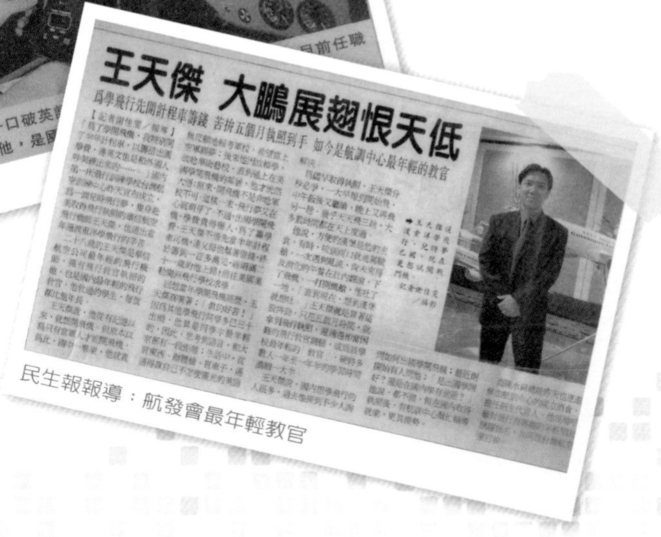
王天傑 大鵬展翅恨天低
爲學飛行先開計程車籌錢 苦拚五個月執照到手 如今是航訓中心最年輕的教官
民生報報導：航發會最年輕教官

|後記2|

快來幫我搞飛機

思思有三種——思鄉，思親，思友！

從決定當個外籍機師至今，算算將近四年！四年跑了三個國家，換過三個東家。每每要收假時，就跟在外島當兵收假一樣，心有千言萬語，卻怎麼也說不盡心中的難過與悲傷。所以我總是跟兄弟們說，當個外籍機師就等於是當兵外島簽。

王維說：「獨在異鄉爲異客，每逢佳節倍思親。遙知兄弟登高處，遍插茱萸少一人。」

在休了近一個月的大假後，昨天回到了深航。下飛機時小雨淋在臉上，冷風吹進心頭，眼淚卻流在心底！一個人坐在冰冷冷的機組車裡頭，悲與歡、離與合，此刻歷歷在心頭。唉，出來混，總要還的……

從眞正決定把收錄在我部落格裡的文章重新整理開始，我日以繼夜不斷的趕稿，晚上當白天用，把書房搬到了三萬英呎高空的駕駛艙，過著「起得比雞早、睡的比賊晚」的日子，至今整整花了一年的時間。當然如果連本書萌芽時期一起算上的話，可就遠遠不止於此了。

到今天，一切終於告了個段落，原本以爲結束時會有種如釋重負、解脫的感覺，沒想到現在卻有股非常強烈的失落感，有種……好像把全身武功都傳授給別人的掏空感，總覺得自己已經不再是個有故事的人了。

在趕稿創作期間，我經常一個人坐在電腦前面發呆，一呆就是一整天，然後一事無成；或者是常常坐在駕駛艙裡面望著擋風玻璃外的天空放空，想著當年學飛行時發生過種種不可思議瘋狂情事，然後不知覺的大笑了出來，連身旁的副駕駛都覺得我瘋掉了。

Anyways，在本書完成之際，我要特別感謝一些曾經在我生命以及創作過程中幫助過我的親朋好友。我的父母，已故父親王燦源，以及一直用鐵的紀律默默支持我的母親黃鶯蘭，感謝他們在我年少時沒有把我放棄，始終相信我會是個有出息的人，沒有他們就沒有今天的我。還要感謝我的二舅黃世民及二舅媽，在我求學期間幫助我一切所需，並且成爲我精神上的支柱，書中表弟黃翊軒Dennis就是他們的兒子。

再來要感謝遠在卡達航空，我的好友兼小秘書鄭宇羚在我創作過程中不間斷的幫我校稿，出些餿主意。還有設計本書封面的國小同學兼死黨北寅社陳星光，以及高中學弟極鼓擊團長張家齊幫我拍攝本書封面，人多不及備載……有插手的各自就心照不宣了。

這本書我把它當作自己的小孩看待，希望你們會喜歡，也希望我還能有機會寫出更膾炙人口的故事跟各位分享。

如果對本書有任何的疑問，請不吝給予小弟指教，謝謝。

E-Mail：crazyjames@seed.net.tw
FB網址：www.facebook.com/crazyjames777

國家圖書館出版品預行編目資料

給我搞飛機：型男機長瘋狂詹姆士飛行日記／瘋狂詹姆士著. --初版.--臺中市：白象文化事業有限公司，2011.9
面； 公分
ISBN 978-986-6047-11-4（平裝）
855 100013845

給我搞飛機：型男機長瘋狂詹姆士飛行日記

作　　者　瘋狂詹姆士
校　　對　瘋狂詹姆士
封面設計　北寅社星光　www.drinktaipei.com
發 行 人　張輝潭
出版發行　白象文化事業有限公司
412台中市大里區科技路1號8樓之2（台中軟體園區）
出版專線：（04）2496-5995　傳眞：（04）2496-9901
401台中市東區和平街228巷44號（經銷部）
購書專線：（04）2220-8589　傳眞：（04）2220-8505
專案主編　徐錦淳
出版編印　林榮威、陳逸儒、黃麗穎、水邊、陳媁婷、李婕、林金郎
設計創意　張禮南、何佳諠
經紀企劃　張輝潭、徐錦淳、林尉儒
經銷推廣　李莉吟、莊博亞、劉育姍、林政泓
行銷宣傳　黃姿虹、沈若瑜
營運管理　曾千熏、羅禎琳
印　　刷　印芸製版印刷
初版一刷　2011年9月
初版二刷　2011年11月
二版一刷　2015年9月
二版二刷　2016年9月
二版三刷　2017年8月
三版一刷　2023年1月
三版二刷　2024年3月
定　　價　300元